Los guardianes durmientes

LUIS RODRÍGUEZ RIVERA

Los guardianes durmientes

451.http://

ISBN 978-84-96822-60-3

PRIMERA EDICIÓN
2009

Xaudaró, 25
28034 Madrid - España

tel 913 344 890 - fax 913 344 894

info451@451editores.com
www.451editores.com

DIRECCIÓN DE ARTE
Departamento de Imagen y Diseño GELV

DISEÑO DE COLECCIÓN
holamurray.com

MAQUETACIÓN
Departamento de Producción GELV

IMPRESIÓN

Talleres Gráficos GELV
(50012 Zaragoza)
Certificado ISO

DEPÓSITO LEGAL: Z. 4346-08
IMPRESO EN ESPAÑA

Todo lo que una persona pueda imaginar, otras podrán hacerlo realidad.

Julio VERNE

LA TRINIDAD

UNO

1 DE NOVIEMBRE 11

Hoy se ha suicidado la última ballena. Yo también debo poner fin a mi vida. No tiene sentido dejarse llevar por esta inercia perversa donde cada nuevo amanecer no hace sino actualizar la desolación en la que vivimos, iluminar la podredumbre que nos rodea, calentar esta fiebre del aire que nos encharca los pulmones de veneno. Si levanto la vista, el cielo me devuelve la mirada convertida en un esqueleto de pájaro, si la hundo en el mar mis ojos se inflaman y estallan. Mire a donde mire veo a la muerte incubando sus huevos de uranio.

Lo mejor es acabar ya, ponerme fin, seguir los pasos de las ballenas, y de todos los demás animales que acorralados por la infamia del hombre se autoextinguieron dándonos una última lección de orgullo e instinto. Sé que haciéndolo daré más argumentos al Grupo para pensar que yo fui quien los delató. Sin duda deducirán que lo hago atormentada por la culpa, por el remordimiento. Si en sus cuerpos, seguramente torturados por la Policía Antiterrorista, habita todavía algo que no sea el dolor, puede que incluso sientan algo de lastimosa piedad por mí. Seguir es un esfuerzo vano, en estos tiempos existir no es más que una de las múltiples formas amables de la muerte. Creí que formando parte del Grupo esta sensación iba a cambiar, que con una batalla por ganar el esfuerzo tenía un sentido, pero todo está corrupto, podrido como el aire. El fracaso de nuestra misión, el desmantelamiento del Grupo, su segura extinción, es una muestra más de lo inútil de la lucha. No se puede pelear contra ella, nada ni nadie escapa al control de la Corporación. Estoy convencida de que conoce nuestros pensamientos un segundo antes de que los tengamos. Eso explicaría por qué no me ha detenido todavía: la Corporación sabe que les voy a ahorrar el trabajo de extinguirme.

Para qué voy a seguir acumulando nostalgias imposibles, nostalgias de cosas que no viví, que nadie vivo puede recordar, que ni siquiera sé si existieron realmente o si son leyendas embellecidas por el tiempo. Me siento como una enferma del mal de Diógenes, trayéndome del museo páginas de periódicos, películas, canciones, recuerdos, memorias que no me pertenecen, basura inservible para todos menos para mí. Estos últimos años, desde que aquel siniestro tipo me dio una de las pocas alegrías de mi vida ofreciéndome un puesto en el museo, me he erigido en la inútil albacea de un siglo remoto y bellísimo. Tal vez ellos tuvieran razón, Klaus y los otros, y sea una ingenua al soñar despierta y pensar que aquel tiempo fue mejor, al obviar que en él se plantó la simiente de lo que hoy padecemos, al ignorar las guerras, las hambrunas, las terribles enfermedades que no supieron o no quisieron curar, al negarme a reconocer que en aquellos días se asestaron los primeros golpes mortales a la salud del planeta. Tal vez ellos tuvieran razón y he depurado todo lo que emparentaba aquel siglo con este y me haya quedado con la versión tierna, idealista: los descubridores de va-

cunas, los músicos, los poetas, los primeros héroes del ecologismo, y también, lo confieso, con lo que veo en las películas que copio furtivamente en el museo. Porque Rick e Ilsa son dos personajes de ficción, igual que Escarlata y Red, y Rachel y Deckard, y sin embargo, qué cercanos y reales los siento, mucho más que la poca gente que frecuento, y, sobre todo, cómo me duele que esa clase de amor sea inconcebible ahora, tantos años después, incluso en la más fantasiosa imaginación. Hubo un instante, apenas un minuto, con Klaus, en que creí que algo parecido a aquel amor era posible. Fue una noche, subidos en la azotea de su edificio, viendo llegar el convoy de obreros lunares. Recuerdo que estábamos sentados en dos roídas butacas, arrullados por el zumbido de los propulsores, tan juntos que nuestros hombros se tocaban. Él, sin mirarme, me cogió la mano, y yo a través de la tela de aluminio del guante sentí cómo su calor me impregnaba la piel y se mezclaba con el mío. Entonces le pregunté si podía pasar la noche en su apartamento y él, sin dejar de contemplar cómo las luces del convoy se hundían en las nubes de mercurio del horizonte, me dijo: «No puedo, mañana tengo revisión médica». Ese fue el final del instante, el último segundo del minuto en el que creí que el amor era posible.

Extinguido el amor, el Grupo y ahora las ballenas, no hay motivos para seguir, la lucha ha terminado. En cierto modo envidio a los que se dejan engañar por las tretas de la Corporación para mantener vivos los deseos: la consecución de la mítica tarjeta negra, el canal de realidad anímica, la obtención de la nueva inmortalidad... Nada de eso consigue que mi ilusión medre un solo milímetro, y no porque sea un espíritu exigente, inconformista; quizás porque, por mi trabajo en el museo, he visto cosas del pasado que me han abier-

to los ojos, que han despertado mi sangre adormecida por el ozono y las vacunas. Cosas que la Corporación conserva almacenadas pero que jamás expone, cosas que silencia, que oculta en los subsótanos, en arcaicas memorias enfermas de humedad y hongos. Cosas que demuestran el error en el que vivimos, este terrible futuro al que nuestra idiotez nos ha conducido.

Para qué voy a continuar con este baldío consumo de oxígeno y de agua cuando tantas mujeres aguardan una extinción para obtener su permiso de concepción. Al leer en las viejas hemerotecas las estadísticas de natalidad, los esfuerzos de aquellas generaciones de mujeres para poder concebir, con sus rudimentarios conocimientos científicos, me pregunto a qué cabeza cuadrada de la Corporación se le ocurrió dejar la regulación demográfica, el tesoro más preciado y frágil de la humanidad, en manos de un cerebro artificial. Ayer, preparando una exposición sobre medios de transporte, vi un cartel que resume a la perfección la ley de natalidad. Tal vez el cerebro artificial tuviera entre sus bases de datos el cartel y sacara de ahí su brutal y simétrica ley: «Antes de entrar, dejen salir», decía el aviso que se pegaba en las puertas del metro de nuestros antepasados. Ni siquiera tengo una amiga en preconcepción a quien confiarle mi decisión de acabar y legarle mi certificado de extinción. No tengo a nadie a quien hacer propietario de mi muerte y propiciar así el nacimiento de una vida.

No temo la extinción, ni al acto de morir, el acto de darme muerte; me da más miedo seguir viviendo mientras todos estos recuerdos anónimos se agrandan, ocupan este minúsculo departamento, me aplastan, me crecen dentro como un virus multiplicativo, se me aparecen en las pantallas en formaciones militares, los escucho como mil lenguas que nombraran mi infelicidad, lenguas vertebradas, delatoras como flechas que señalaran hacia atrás, hacia el tiempo mejor, hacia el pasado que, tal vez ingenuamente, he idealizado.

Acabar es sencillo: el trago amargo de un par de píldoras, un «clic» en la sien, o un par de segundos de vértigo.

—¿Desea *Guardar, Enviar, Borrar o Retroceder*? —La voz fría, descorazonada de su administrador de archivos explotó como una pompa maligna en los ojos acristalados de Neus Newman.

—*Retroceder.*

DOS

EL CIELO TENÍA AQUELLA TARDE ESE COLOR ENTRE PÚRPURA Y marrón que dejan las reverberaciones del uranio envejecido. No soplaba el viento y el hedor escarchado de las cloacas se elevaba en columnas sólidas, luminosas como reclamos publicitarios del infierno. Hadam aparcó en el muelle asignado y antes de entregar la mercancía entró en la cabina purificadora y se limpió la costra radioactiva que sus pulmones habían acumulado durante todo el día. Luego hizo una seña de paciencia al factor que ya lo esperaba para contabilizar las capturas y orinó sin demasiadas ganas. Estaba de suerte, el censor de turno era un símil, así se ahorraba la típica charla sobre la próxima tormenta ácida o sobre las probabilidades de ganar la lotería mundial.

—Hadam 7799 —se identificó mientras guardaba la petaca con su orina en la mochila.

—La normativa sobre descarga dice que las capturas se deben censar de inmediato. —El símil tenía una molesta voz nasal.

—Ya... ya... —Hadam, sin prestar atención a las reprimendas del censor, se desperezó girando su columna en espiral al tiempo que emitía un sonoro mugido—. Cuenta deprisita, que me estoy quedando sin batería —bostezó.

—Eres muy gracioso, Hadam 7799, ta, ta, ta —el factor simuló una carcajada eléctrica—, pero hace décadas que no usamos baterías. Además, para la basura que traes aquí no hace falta demasiado tiempo.

—¿Siempre estás de tan buen humor o es que hoy es uno de esos días lunares? —Hadam gustaba de explorar las fronteras de las inteligencias artificiales. Era de los que pensaban que hubiera costado lo mismo hacerlos simpáticos.

El símil no entendió la broma sobre su improbable menstruación y se concentró en puntear las capturas con un bisbiseo de viejo contable. Tres arbustos semisalvajes, dos macetas con claveles oxidados y un ciempiés manco de cincuenta y dos patas.

—Enhorabuena, eres el peor censo de hoy —apuntilló feliz mientras enviaba los datos a la central de capturas.

—Un mal día lo tiene cualquiera —se justificó interrumpiendo otro bostezo.

Hadam recogió el recibo de su censo y lo arrojó con desgana en el asiento del copiloto. Quería volver a casa cuanto antes, aquel día se le había hecho interminable y solo pensaba en meterse en su cabina de sueño y dormir doce horas seguidas. Estaba tan cansado que ni siquiera le importaba que con tantas horas de sueño se incrementaran las probabilidades de sufrir aquella extraña pesadilla o visión (Hadam no sabía cómo definirla) que se repetía tanto últimamente.

—¿Cada cuánto sufre esos episodios? —El psicólogo de la Policía de Seres Vivos era un tipo que tenía unos ojos dos tallas más grandes que sus cuencas.

—Una o dos veces por semana. —Hadam había acudido a su consulta porque era gratis (una gentileza que la Corporación tenía con sus policías), porque suponía escabullirse un par de horas del tajo justificadamente y porque aquellas visiones, pesadillas, o alucinaciones empezaban a sacarle de quicio.

—Y dice usted que ve siempre la misma secuencia de letras y signos, ¿nada más?

—A veces —Hadam calculó cuánto tiempo iba a tardar en arrepentirse de lo que iba a decir—, justo antes de la fórmula se me aparece Dios.

—¿Dios? ¿Es usted neocristiano?

—Que yo sepa no. —¡Ya!, Hadam ya se había arrepentido de nombrar al Todopoderoso.

—¿Y qué demonios le dice Dios?

Hadam sonrió buscando con la mirada la complicidad del psicólogo, pero su juego de palabras no había sido consciente.

—Pues me toma en su regazo y me amamanta.

—Dios le da de mamar, qué extraño, ¿no?

—Usted sabrá, que es el experto. —Hadam comenzaba a perder la paciencia, se suponía que las respuestas las tendría el comecocos.

—¿Por qué cree usted que es Dios y no el recuerdo de un avatar de algún programa onírico o su padre?

—En mis programas oníricos solo hay mujeres y no tengo padre, mi madre se fecundó artificialmente, y aunque lo tuviera es improbable que me amamantara. Además, en el sueño yo tengo la certeza de que es Dios. —De repente, Hadam se vio en un cuarto acolchado, atiborrado de drogas y con una camisa de fuerza empapada en sus propias babas. «Tal vez no ha sido buena idea venir», pensó.

Los ojos del psicólogo desbordaron sus cuencas amarillentas. Sin decir nada, anotó en su pantalla unas frases con letra ininteligible y miró a Hadam casi con severidad.

—¿Banco de semen o de ADN? —preguntó.

—ADN, creo, pero ¿qué importancia puede tener el método de fecundación de mi madre?

—Hay estudios que demuestran que los hijos concebidos en bancos de ADN tienen más riesgos de padecer enfermedades mentales.

Hadam inició un resoplido de impaciencia que abortó de inmediato por si constituía otro síntoma de desequilibrio mental.

—¿Podría reproducir los signos? —preguntó el psicólogo ofreciéndole un lápiz y la pantalla donde tomaba sus notas.

—Como quiera, pero solo son una serie de letras y números sin sentido. —Hadam cogió la pantalla y escribió la secuencia con pereza.

El psicólogo de la PSV contactaría con él en cuanto tuviera su diagnóstico ultimado. Al salir de la consulta, Hadam tuvo la sensación de que se le olvidaba algo dentro. Para corroborar lo infundado de aquella comezón, se palpó los bolsillos, las patillas de las gafas solares, miró en el espejo del ascensor su rostro de labios gruesos, sus cejas sombrías, los infinitos cañones de su barba incansable, sus ojos, emparentados de lejos con el verde, dueños de una mirada que hacía lustros que no decía una verdad; todo estaba en orden y sin embargo aquel *déjà vu* cojonero le iba a pedir cuentas el resto del día.

El cubículo de Hadam estaba en la parte oeste de la ciudad y cuando soplaban los vientos de las zonas muertas el aire se volvía marrón y adquiría una densidad de cieno. Por eso sus ventanas estaban siempre cerradas y los postigos antirradiación bajados, de tal forma que su interior solía estar sumergido en una penumbra de catedral que solo aliviaban los acordes antárticos que emitía el salvapantallas mural: un blanco, puro y estático iceberg prehistórico al que Hadam miraba con delectación religiosa. Los pocos muebles —una mesa, un par de sillas, un equipo de cocina intacto, y un hidrosillón individual— estaban de ordinario plegados para fingir una imposible amplitud. Su cabina de sueño, horizontal, sagrada como un sarcófago transparente, era sin duda su mueble predilecto y como tal ocupaba un lugar de honor en mitad de la estancia. El flamante programador onírico de última generación se había llevado sus ingresos de los últimos dos cuatrimestres, pero para Hadam, soñador torpe y miserable, escoger la calidad y la cantidad de sus sueños no tenía precio. Por esta misma razón, le incomodaba sobremanera que en mitad de un baño en un mar de aguas transparentes o mientras devoraba una ciclópea langosta empapada en mayonesa se le apareciera aquella molesta secuencia de letras y números. Al principio creyó que se trataba de un error del programa, de un virus maligno que aparecía en lo mejor del sueño, pero cuando las letras y los números desfilaron por sus párpados mientras echaba una cabezadita en el furgón se convenció de que la distorsión era provocada por su cerebro, por su subconsciente o por ambos a la vez.

Hadam mordió su sopa de fideos sin hambre y orinó, otra vez sin demasiadas ganas, en el purificador de líquidos. Luego añadió el contenido de su petaca en la cubeta, cogió una copa helada y aguardó a que la máquina acabara el centrifugado para proporcionarse el único buen rato de aquel miserable día: un largo trago de agua helada. Con la copa en la mano, sentado frente a su iceberg virtual, Hadam se alegró por el silencio, en aquellos tiempos un tesoro incalculable, y por la perspectiva que le ofrecía la medida exacta de su futuro inmediato: ocho horas y diez minutos hasta el siguiente turno.

Ya no le agradaba su trabajo. Hacía tiempo que había dejado de sentirse en deuda con la Corporación por haber sido nombrado agente de la PSV sin pasar por la academia ni hacer un solo examen. Aquel raro privilegio, obtenido nada más acabar sus estudios de secundaria, lo había convertido en un firme defensor del sistema corporativo, pero ahora, casi siete años después, el agradecimiento había mutado en recelo. No solo por el oscuro proceso que seguían los seres vivos una vez capturados, proceso del que se encargaban en exclusiva símiles y cuya fase final, por el olor acre y húmedo que algunos días vertían las chimeneas del almacén, él creía conocer; sino también por la razón última de su extraordinario nombramiento. Hadam, tratando de encontrar a alguien en su misma situación, había preguntado con disimulo al resto de sus compañeros por su forma de acceder al cuerpo. Él era el único que no había pasado por la academia. Temía que en cualquier momento sus superiores le pidieran la devolución del favor y muchas noches las gastaba elaborando listas de posibles peticiones que se volvían más y más descabelladas según avanzaba la madrugada. No le gustaba deberle favores a nadie, ni sentirse objeto de atenciones, ni ser la diana de ninguna admiración. Al morir su madre, justo cuando cesó el primer dolor, Hadam sintió un inconfesable alivio por ser varón y no tener que cargar con el apellido materno. No podría soportar ser el resto de su vida el hijo de Rachel Ghan. El 7799 de su apellido le permitía cultivar la soledad y el olvido con una eficiencia numérica, pulcra, despreocupada, muy lejos de los ecos de las hazañas y desvaríos ecologistas de su madre. Nada había más dispar que los caracteres de madre e hijo. Hadam había sido siempre un ser introvertido, volcado hacia su interior. Con los años esta introspección, lejos de derivar en algún tipo de austera espiritualidad, desembocó en algo tan parecido al egocentrismo que, con más frecuencia de la que a él le gustaría, su conciencia o el fantasma de su madre —probable habitante de aquella— le pedía cuentas por no haber heredado ni una pizca de su altruismo y entrega. Alguna vez había llegado a pensar que su súbito nombramiento como agente de la PSV tenía algo que ver con su filiación, pero Hadam no alcanzaba a comprender dónde estaba el castigo o la represalia por ser el hijo de una de las peores pesadillas del gobierno. Quizás —pensaba— fuera el simple hecho de haber llevado al redil al hijo de su enemiga o tal vez lo utilizaban a él para desprestigiar la memoria de ella. Lo cierto era que a Hadam la memoria que el mundo guardara de su madre no le importaba mientras lo dejaran en paz a él. La suya destilaba un aroma de rencor por las largas ausencias de la gran mártir de los bosques, por su racanería con los juguetes a los que consideraba contranaturales y por la desigual competencia que siempre debía mantener con algún mono o alguna tortuga en vías de extinción.

Cuando Hadam se cruzaba en un pasillo con algún mando de la PSV lo saludaba mirándolo directamente a los ojos, casi retándolo a que de una vez por todas le dijera qué era lo que querían de él. Sus superiores se limitaban a corresponder al vehemente saludo, distraídos, reparando apenas en su minúscula existencia de funcionario corporativo. Con el paso de los años esta inquietud se transformó en recelo hacia todo lo que tuviera que ver con la Corporación. Él sabía que en algún lugar de su inmensidad administrativa, en el interior de alguna memoria, su ficha personal aguardaba una fecha, una hora, señaladas tal vez en el mismo momento de su excepcional nombramiento, para que se desvelara por fin el secreto de sus privilegios. Hadam sentía que debía estar prevenido, alerta: la Corporación no regalaba nada.

La cabina de sueño se cerró como un párpado transparente. Hadam escuchó el rugido de sus tripas, impacientes por que el sueño artificial les arrojara una langosta empapada en mayonesa.

TRES

INMOVILIZADO EN SU CAMPO DE ENERGÍA, CON LOS PIES descalzos sobre la pátina caliente de su propia orina, Abraham buscó bajo las piedras de su memoria los pocos recuerdos amables que los esbirros de la Corporación no habían logrado aniquilar. El rostro de Rachel era inmune a la física y la química que le habían infligido todos los días desde su ya demasiado lejana detención. Sus ojos pardos, que sonreían incluso más que sus gruesos labios, lo miraban desde el escondite de su cerebro con ternura, sin un ápice de rencor pese a su traición. Era incapaz de recordar con detalle la última apresurada conversación que habían tenido sobre la cama de aquel hospital, sin embargo, paradojas de la electroquímica, recordaba con nitidez la primera vez que se habían visto y tocado. Abraham transfiguró el zumbido del campo de energía, su tacto ambiguo y caliente, en la espalda huesuda y vibrante de Rachel, encadenada a él en lo alto de la secuoya que les había tocado en suerte salvar de la criminal tala. Abraham inventó una sonrisa famélica al poder recordar aún que la suerte no había tenido nada que ver en el hecho de que les tocara compartir árbol. Él había sobornado al encargado de repartir los turnos para poder encadenarse a la militante más bella del partido verde. Abraham no pertenecía al partido, le preocupaba la política de regeneración como al que más, pero no pasaba de ser un estudiante de último año de Biología con unas ganas terribles de hacerle el amor a la dueña de la espalda contra la que se apretaba.

—Cuando no estás salvando árboles, ¿qué sueles hacer? —Abraham agradeció que Rachel no pudiera ver la cara de imbécil que había puesto al hacer aquella pregunta.

—¿Cuánto le has dado a Toni para que nos tocara juntos? —Rachel no solía desperdiciar un solo segundo de su tiempo con preámbulos.

—Diez pavos. —Abraham enrojeció.

—Pues Toni se ha ganado bien el día, porque yo le he dado veinte.

La puerta se abrió a su espalda. Al escuchar el sonido de unos pasos aplomados, Abraham escondió el recuerdo de Rachel lo más profundo que pudo y contrajo todos los músculos que aún le obedecían.

—Es usted más tozudo que inteligente. Como científico de la Corporación debería saber que tenemos métodos para extraerle la información que necesitamos. Es una lástima arruinar un cerebro como el suyo por ese capricho idealista. Porque el motivo último es ese, ¿no es cierto? Un ideal, un sueño de esos que tienen ustedes en los que son los protagonistas de la salvación del mundo.

La voz bronca, agravada por los ingenieros hasta lograr que pareciera picada por una viruela de tabaco sonó a un centímetro de su oído. Protos, el símil de más rango de la PAT, la Policía Antiterrorista, dio un paseo retórico por la celda con las manos cruzadas a la espalda.

—Sabe que podemos desguazar su patético cuerpo... miembro por miembro, órgano por órgano, hasta dejar su cerebro metido en una botella. —Los labios de Protos, pequeños en comparación con su nariz de boxeador castigado, articulaban las palabras con una meticulosidad de logopeda.

—Me harían un favor, ahora mismo el cerebro es lo único que no me duele.

El golpe, seco, brutal, agrietó el pómulo derecho de Abraham y la sangre no tardó en teñirle las canas de la barba y gotear hasta el suelo, donde se mezcló con la orina y el sudor que le exprimían las descargas eléctricas.

—Todos los humanos tienen un límite, créame, lo he tocado con mis propias manos. Por desgracia, una vez que llegan, ya no pueden volver. —Protos caminó con falsedad hacia la puerta y se giró como un mal actor—. Por cierto, tengo entendido que hace años tenía usted cierta amistad con Rachel Ghan, amistad que desgraciadamente se quebró cuando puso su talento al servicio de la Corporación.

—¿Se quebró?... Ella y sus amigos del partido verde querían verme muerto. —Al escuchar el nombre de Rachel, silabeado en los labios enjutos de Protos, Abraham olvidó el dolor y sintió que la sangre que le corría por la mejilla se volvía de hielo.

—Lamento comunicarle que su ex amiga ha fallecido en un desgraciado y previsible accidente.

Abraham apretó los párpados acelerando el flujo de su herida. Luego trató de revolverse contra su torturador, pero su débil intento rebotó contra el campo de energía.

—Esto es un desperdicio de inteligencia, usted lo sabe. ¿Por qué no habla y continúa con sus investigaciones como si nada hubiera pasado? —Protos se acercó tanto que

Abraham pudo ver el bullir de las electroneuronas en el interior de sus ojos.

—Dime una cosa, Protos, ¿cómo es que no encontraron una cara de tu talla?

El símil detuvo su puño a un centímetro del cráneo de Abraham. Luego comenzó a emitir un gorjeo de cuervo atragantado: Protos se reía de la ocurrencia del detenido. Hacía un par de días, en su última actualización morfológica, se había negado a sustituir su rostro; el cual, castigado por el paso del tiempo, se había ablandado y descolgado de su carcasa de titanio, adquiriendo en el proceso de su decadencia una enfermiza tonalidad de moho tostado. La renovación del resto de su morfología no había hecho sino acentuar todavía más la decrepitud y la anacronía de su faz.

—... de mi talla, de mi talla, gra, gra, gra. —Protos salió de la celda arrastrando sus carraspeos de buen humor.

Abraham se consoló calculando que era preferible que Rachel estuviera muerta a que la hicieran pasar por aquello, no quiso pensar ni por un momento en que el niño hubiera corrido la misma suerte que ella; luego se concentró en olvidar, en borrar de su cerebro la última vez que se habían visto para que Protos no pudiera olfatear su recuerdo. Agotado, dejó caer la cabeza sobre el pecho y escuchando el tictac de la sangre sobre el lomo de su pie descalzo deseó poder dormir y soñar con ella.

CUATRO

30 DE OCTUBRE

Todos detenidos, todos menos yo. Nos estaban esperando, alguien nos ha delatado, pero ¿quién? Conocían hasta el mínimo detalle de la misión: el lugar, la hora, la pared de entrada... No hubo ni un disparo, ni un grito, no hizo falta. Todo transcurrió de una forma casi cómica, como en una de esas películas mudas que me traigo del museo. Los símiles descendieron de la nave como sombras, los inmovilizaron con porras ultrasónicas y los cargaron al hombro antes de que nos diera tiempo a asustarnos. A todos menos a mí; si no fuera una locura pensaría que me han dejado escapar, que aquel símil aflojó su carrera para no alcanzarme. Son muy malos actores, peores incluso que los de las comedias mudas, el estilo torpe y atragantado de su carrera se parecía inmensamente al de aquel policía gordo y bigotudo que siempre perseguía a Buster Keaton sin llegar nunca a alcanzarlo. Tal vez me estén vigilando, en este mismo instante, leyendo este diario de alivio al mismo tiempo que lo escribo. Tal vez me hayan dejado escapar para que los conduzca hasta el resto del Grupo, pero no hay más, el delator se lo habrá tenido que decir, todos han caído y no tardarán en aplicarles la ley antiterrorista y extinguirlos. ¿Por qué entonces? Ellos no hacen concesiones, por muy inofensiva que sea no me dejarían libre si no hubiera una buena razón. ¿Cuál? Creo que sería preferible que me hubieran detenido con los demás, ahora sospecharán que yo los entregué. Si la PAT no me detiene antes, algún grupo o algún comando anacoreta acabará conmigo por traidora.

Quizás sea porque era con el que menos trato tuve, con el que más me costaba entablar una conversación amable, pero el único del que remotamente puedo sospechar es de Jhonas. Klaus tampoco llegó a congeniar con él, era demasiado hermético, demasiado violento en sus convicciones. En las reuniones apenas hablaba y cuando lo hacía era para proponer un secuestro, un atentado lo más sangriento posible en el corazón de la Corporación. No quería ni oír hablar de una transición pacífica, de una restauración democrática progresiva. Solo creía en el derrocamiento del sistema corporativo a través de un acto violento. Quizás esa fiereza fuera una pose para no levantar sospechas y al mismo tiempo calibrar las aspiraciones del Grupo que hasta ese momento se limitaban a soltar panfletos en el centro de la ciudad desde alguna nave teledirigida o colar una de sus consignas en las pantallas murales. Luego las ambiciones crecieron, Jhonas consiguió financiación e información clasificada y el Grupo pasó de ser una pandilla de gamberros organizados a convertirse en unos terroristas en potencia. Creo que en el fondo Klaus no estaba en desacuerdo ni con sus ideas ni con sus métodos, pero le irritaba no tener la audacia suficiente para ser su autor. Su liderazgo blando y parsimonioso se vio amenazado con la irrupción del otro y ese era el principal foco de conflictos entre ellos. A lo mejor soy una estúpida al pensarlo, pero el día que los sorprendí discutiendo aca-

loradamente me pareció, por la forma en que ambos me miraron, que yo era el sujeto de la discusión. Más tarde, a solas, Klaus lo negó acariciándome la cabeza casi con ternura, y eso me hizo dudar todavía más: Klaus nunca me tocaba.

El nombre del traidor no explica por qué me han dejado libre. Si me dejara llevar por el romanticismo podría pensar que Klaus, descubierto por la PAT, entregó al Grupo con la condición de que a mí no me tocaran, pero esto no es Casablanca, es Liquiópolis, los héroes han quedado obsoletos igual que las novelas y la música, y ahora el amor aparece en los manuales de psiquiatría como una patología más de la personalidad.

¿Qué quieren de mí? Es una ocurrencia pueril, pero a veces pienso que tengo un ángel guardián velando por mi vida. Cuando con diez años me caí al mar desde el muelle, aquel policía salió de la nada para rescatarme antes de que el ácido me corroyera la piel, y en apenas unos segundos una ambulancia aterrizó para depurarme los pulmones y llevarme al hospital. Desde entonces no he tenido ni un solo accidente, ni una enfermedad de importancia, ni me ha faltado nunca nada. Incluso mi trabajo en el museo, con el que tantas veces había fantaseado cuando visitaba a diario sus salas, me llegó por sorpresa, como un regalo del cielo. Y, sin embargo, aun siendo dueña de esta extraña buena suerte, no he conseguido ser feliz. Siempre me he sentido incompleta, inútil como una herramienta que permanece intacta en su envoltorio. Qué triste es tener lo que todos podrían envidiar: salud, una tarjeta azul, un empleo hermoso, y sentirse terriblemente desgraciada, arrastrando un vacío inconsolable, convencida de que nada puede curar este desarraigo sin fundamento, esta melancolía descabezada. ¿Cómo puedo añorar una felicidad que no recuerdo haber experimenta-

do nunca?, ¿cómo puedo sentir morriña de un tiempo que no he vivido? ¿Por qué sueño con montañas nevadas, con selvas esmeraldas, con grandes ríos de agua pura, si dejaron de existir mucho antes de que yo naciera?

¿Debo entregarme o aguardar el siguiente regalo de mi extraña buena suerte? Estoy agotada de esperar, de no saber qué debo esperar.

—Retroceder.

CINCO

LA CABINA DE SUEÑO SE ABRIÓ AL COMPÁS DEL JINGLE PUBLICITARIO de la Corporación. Hadam se levantó con el humor desbaratado: otra vez, antes de acabar el banquete pantagruélico escogido en el programador onírico, se había encontrado masticando números y letras elevadas al cuadrado. Ya en pie, se aclaró la garganta para blasfemar a gusto, se calzó las renegridas botas de aluminio y como lo haría un perro sediento lamió el poso ácido, de un blanco incandescente, que había quedado la noche anterior en el fondo de la copa. Frente al espejo hizo el ademán de encender la afeitadora, pero lo descartó de inmediato con un gesto de desprecio. Antes de salir, trató de comunicar con su psicólogo. Hacía casi una semana de su consulta y todavía no le había recetado ni unas miserables pastillas que le dejaran disfrutar de los carísimos sueños que había comprado. El intento de comunicación no dio frutos y Hadam salió a la calle sin demasiadas esperanzas de enderezar el día.

El furgón de la PSV, con los propulsores encallados en la acera, incumplía meticulosamente todos los protocolos de seguridad e higiene; empezando por la prohibición de llevárselo a casa después de la jornada laboral. A los bollos, arañazos, a las luces fundidas y las antenas de comunicación torcidas, había que sumarle una espesa capa de suciedad en cuyos estratos se podía estudiar la climatología de los nueve últimos meses. Hadam tenía cierta facilidad para incumplir el reglamento e incordiar a sus superiores sin recibir más que una incumplida amenaza, casi siempre por escrito, de sanción o de degradación. Esa impunidad formaba parte de las atenciones de la Corporación para con su persona y Hadam tiraba de ellas esperando que la cuerda por fin se rompiera y alguien le diera al menos una pista del porqué de tantos privilegios.

Una vez en el vehículo se conectó con la central y descargó su ruta: «¡¿Al sur?!, maldita sea». Nadie quería cumplir su turno en la zona sur de la ciudad. Además de sufrir el calor y la alta radiación, se corría el riesgo de caer en alguna emboscada anacoreta. En todos sus años de servicio jamás le habían asignado aquella ruta. Hadam pidió confirmación manual a la central. No había sido un error. «Tal vez —pensó— se me ha acabado la buena vida».

Antes de conectar el piloto automático, Hadam se dio el gusto de arrancar con brusquedad, incordiando a la vez a la barrera del sonido y a los vendedores de comida ambulantes, que tuvieron que sujetar sus chiringuitos para no verlos volar en dirección contraria a la que había tomado el furgón. De espaldas a la ruta trazada desde la central, con los pies sobre el teclado, royendo sin convicción una tableta de sucedáneo de leche, Hadam trató de no pensar demasiado en aquel súbito empeoramiento de su suerte. Como siempre hacía por las mañanas buscando un miserable consuelo en la gente que lo pasaba peor que él, sintonizó el canal de sucesos. Los ojos de su psicólogo, más desorbitados que de costumbre, ocupaban casi toda la pantalla. En un recuadro, una anciana desharrapada contaba cómo había visto a un hombre robándole al psicólogo el maletín después de apuñalarlo. «Demasiado bien vestido para ser un anacoreta», remató la anciana mirando a la cámara como una profesional. Hadam, a salvo de cualquier forma de piedad, dio otro desganado mordisco a su tableta. «¡Maldita sea! Ahora tendré que volver a contar la misma historia de las alucinaciones a otro comecocos».

Recostado en el sillón, somnoliento, valorando la muerte del psicólogo como otra muestra de su mala racha, dejó que su mirada se enredara entre los bucles anaranjados que el aliento de los propulsores formaba a un lado de la vieja autopista. La mañana era luminosa, demasiado para su gusto, y la arena que avivaba los remolinos tenía una textura de fantasma gótico que a Hadam le recordó las túnicas que vestía su madre cuando regresaba de sus viajes al hemisferio sur. En los últimos tiempos su recuerdo se le aparecía en todas partes, e incluso, alguna noche, se había sorprendido frente a la pantalla de su apartamento tratando de convocarlo con viejas grabaciones de sus discursos frente a la desaparecida Asamblea de Naciones. Esta añoranza era inusual en Hadam, hasta esos «últimos tiempos» sus sentimientos hacia su madre tenían más de agrio reproche y de voluntad de olvido que de dolor por su temprana pérdida. Quería olvidar las veces que lo había dejado en manos de excéntricas cuidadoras mientras ella se dedicaba a salvar el planeta, quería olvidar las huidas en mitad de la noche, el miedo cuando los detenían en algún control, las pintadas obscenas que amanecían en la puerta de su casa y los siniestros tipos que, con más frecuencia de la que le gustaría a un niño asustadizo como lo había sido él, se ocultaban durante días en el altillo. Pero en estos «últimos tiempos», cuyo inicio estaba señalado por el surgimiento de la alucinación matemática, se sentía debilitado, envejecido, con el músculo de olvidar cansado, derrotado por una certeza imposible de ignorar, la certeza de que no estaba ni estaría jamás a la altura de su madre, a quien, además de amar y añorar como cualquier hijo, admiraba profundamente por la huella que había dejado en la memoria de la gente. Todavía hoy, tantos años después del accidente con el que la asesinaron, Hadam escuchaba hablar de ella como si fuera una de esas viejas santas a las que se sacaba en procesión y se le demandaban milagros. De un tiempo a esta parte, bastaba con que un perro lo mirara a los ojos para que sintiera unas ganas de llorar intolerables y acabara azuzando al chucho para que huyera o, lo que era más patético en un policía de seres vivos, dándole algo de comer, curándole las heridas y buscándole un lugar a salvo de sus colegas.

Lo único bueno que tenía detectar seres vivos en la zona sur era que había muy pocas probabilidades de encontrarse con alguien vivo, como mucho alguna cuadrilla de símiles excavando un pozo de residuos o una patrulla en busca de anacoretas. Hadam detuvo el furgón a la entrada de una vieja fábrica en ruinas: «Con suerte pillaré un par de ratas y el resto del día me podré dedicar a descansar la vista». Los diez metros que separaban la fábrica del furgón bastaron para que su mono se empapara de sudor. La arena que arrastraba el viento quemaba como si fueran pequeños perdigones de fuego y Hadam empezó a arrepentirse de haber parado allí. Dentro de la fábrica la temperatura no era mejor, las chapas recogían el sol y lo llovían sobre el suelo aplastando el poco oxígeno que quedaba. El escáner DSV ni parpadeó: «Aquí dentro no viviría ni el mismísimo diablo». Cuando ya salía, el aparato emitió un tímido «bip». Hadam se detuvo contrariado, vio la distancia que lo separaba del furgón y luego la dirección hacia donde apuntaba la flecha del DSV. «Ya que estoy aquí...». Bajo un amasijo de hierros y hormigón, camuflada con los alambres del caído forjado, una pequeña lagartija sobrevivía a duras penas. Hadam desplegó su red y con un rápido movimiento atrapó a la indolente lagartija. De vuelta en el furgón, depositó su captura en la jaula pertinente, se sacó el mono y lo exprimió sobre el purificador de líquidos. En ese momento sonó su intercom personal, pero como estaba en calzoncillos prefirió no contestar. «Que deje un mensaje». Mientras se ponía un mono seco, un símil de patrulla aterrizó a su lado.

—¿Tiene algún problema, Hadam 7799?

—Si yo te contara.

—Si permanece usted parado debe encender la señalización correspondiente.

—Ya continúo, gracias, agente.

—¿Ha tenido algún accidente? —El símil rodeó el furgón observando todos los desperfectos.

—¿Lo dice por los bollos? No, no, hoy por la tarde lo dejo en mantenimiento. Si me disculpa voy a seguir con mi ronda.

—Haga el favor de bajar del vehículo para un escáner de identificación.

—No jodas, compañero. Acabo de ponerme un mono seco.

—Obedezca.

—¡Por qué no te follas a un enchufe y me dejas en paz!

—Si no baja me veré obligado a utilizar la fuerza.

Hadam sabía que los símiles no faroleaban. Cuando este decía «utilizar la fuerza» significaba achicharrar el furgón con una mano y con la otra redactar un acta de extinción hostil. Tras leerle la pupila para ratificar su ID e imponerle tres infracciones, dos leves y una grave, el símil se subió a su bilópedo deseándole un buen día.

«Hijo de la gran P». Hadam se subió al furgón con ganas de asesinar a todos los ingenieros biónicos, empezando por el inventor del primer robot de cocina. Tras deambular un buen rato sin rumbo fijo, se detuvo sobre el lecho seco de lo que había sido un río. Agotado, deshidratado y cabreado a partes iguales, se recostó en el sillón y conectó de nuevo el canal de sucesos. Su forma de enfocar las noticias era morbosa, ofreciendo primerísimos planos de vísceras, huesos asomando por entre carnes ensangrentadas y cerebros esparcidos sobre el asfalto pero, aun siendo pura basura sensacionalista, era infinitamente mejor que el resto de los canales de la Covisión. Esta vez el muerto enfocado vestía bata blanca y tenía una cicatriz que le partía simétricamente el mentón. Hadam activó el volumen: «... eminente químico fue asaltado en su laboratorio y asesinado de una sola y certera puñalada en el corazón. Por el momento la policía desconoce las causas del crimen, aunque todo apunta al espionaje industrial». El chivato sonoro del purificador de líquidos le hizo recordar que tenía un videomensaje. Antes de pasarlo por la pantalla del furgón, contraviniendo de nuevo las normas sobre el uso del material corporativo, Hadam llenó su vaso con el contenido del purificador y le dio un sorbo corto, con la intención de que le durara hasta media mañana. Al ver el mentón partido que se le apareció en la pantalla, el vaso se le fue al suelo. El químico muerto le había dejado un mensaje, el último.

SEIS

—YA PASÓ, ESTÁS A SALVO.

La cabellera de Rachel, vertical y geométrica sobre sus hombros, se le asemejó a uno de aquellos antiguos códigos de barras. Se encontraba increíblemente bien, todos sus dolores se habían dormido e incluso sentía un remoto deseo sexual al adivinar, bajo el suéter gris, los pequeños pechos de su antiguo amor.

—Abraham, ¿puedes oírme? El partido ha conseguido liberarte.

—¿Dónde estoy?

Una luz amarilla le emborronaba los ojos. Abraham sintió que las palabras eran enormes huevos de avestruz que no le cabían en la boca. Trató de acariciar la mejilla de Rachel pero la mano no le obedeció. Todo le pesaba terriblemente, tirando de él hacia abajo, fijándolo como un imán al centro de la tierra. Envuelta en aquella luz mortecina, Rachel semejaba un ángel custodio. La pureza de su expresión, el escorzo de su cuerpo inclinado sobre él, los pliegues perfectos de su túnica blanca le recordaron a una virgen de Durero.

—Ahora debes descansar. Has pasado demasiado tiempo en manos de esos mal nacidos. Pobre Abraham, lo que has debido de pasar durante todos estos años. ¿Por qué no les contaste lo que querían? ¿Tan importante era?

Rachel rastrillaba con ternura su barba, todavía emplastada de sangre, vómitos y saliva; tenía los ojos inflamados por el llanto, y dos hilillos brillantes descendían simétricos por sus mejillas. Abraham pensó que nunca había estado más hermosa y perfecta que en aquel momento, ni tan siquiera en su ya lejana juventud cuando sus huesudas piernas eran las primeras en encaramarse sobre las excavadoras para salvar algún bosque o algún humedal donde anidaran sus amadas aves. Jamás creyó que tuviera alguna oportunidad de conquistarla. Él no era un tipo demasiado atractivo, ni simpático, ni era fanático de la conservación del planeta, como lo eran (atractivos, simpáticos y fanáticos) los muchos hombres que giraban alrededor de ella. Tipos de altos ideales, con duros cuerpos de montañeros tostados al sol. Él era un aplicado estudiante de Biología, un enclenque de piel pálida, con un proyecto de barba con el que pretendía ocultar sus infantiles coloretes, una rata de laboratorio, centrado en su ombligo y, desde que la conoció, encaramado en aquella secuoya, la de Rachel. Fue ella la que, nada más bajarse del árbol indultado, le pidió una cita. Abraham, quizás para protegerse de tanta posible felicidad, sintió ganas de advertirle, de hacerle ver su error. Él ya tenía escrito el resultado de aquel experimento, y la sorpresiva correspondencia de Rachel echó por tierra todas las probabilidades científicas, lo dejó desconcertado, planteándose creer, a partir de ahora, en los milagros. La primera vez que hicieron el amor había sido durante una guardia en un barco del partido que pretendía evitar que un ballenero japonés acorralara a un grupo de corcovadas. Eran las primeras vacaciones de Abraham tras un duro año de exámenes finales de carrera. Rachel le había sugerido un barco para pasar aquellas dos semanas libres y él había pensado en un crucero de placer, con cócteles afrodisíacos y tumbonas al sol. A cambio, Rachel lo embarcó en un cascarón oxidado que se iría irremediablemente a pique a poco que irritara al capitán del buque japonés, donde debía compartir el catre con siete marineros, y en el que el menú era inflexiblemente vegetariano. Pero Rachel lo curaba de todas las incomodidades, desnudos bajo el toldo del bote salvavidas, balanceados por las olas, arrullados por un coro de ballenas agradecidas. Abraham y Rachel se mordieron, se lamieron, se hundieron el uno en el otro, se embistieron feroces clavándose aparejos, golpeándose con las bancadas, enredándose fatalmente entre los cabos, jurándose amores eternos, amores inmortales, hasta que el toldo se descorrió y un cielo cargado de azul se les vino encima: el capitán había dado orden de bajar el bote para interponerse entre el arpón japonés y las ballenas.

—Un milagro, Rachel, así de importante es.

—Mi querido Abraham, cuánto tiempo hemos perdido. Traté de advertirte, pero tú...

Abraham cerró los ojos, pero el rostro de Rachel permaneció intacto en el envés de sus párpados. Ella le besó con cuidado los ojos, la boca.

—Alguien más lo sabe..., lo de ese milagro.

Abraham susurró lo que parecía un nombre, pero el sonido no llegó a brotar por sus agrietados labios.

—Dime, amor, ¿quién? —Rachel acercó su oído a la boca de él.

—¡Que te folle un pez, zorra!

—¡Aborten! —La voz virulenta de Protos retumbó en el cuarto.

El hermoso rostro de Rachel se borró en una lluvia eléctrica y Abraham regresó a la realidad de su celda de tortura.

—Debí suponer que no lo engañaríamos con el programa de realidad virtual, es usted un estúpido, pero también un científico.

—Muchas veces pienso que son sinónimos. —Abraham se protegió del repentino resplandor con el antebrazo.

—¿Qué nos ha delatado?

—Mi querido Protos, te pierde tu pasión por los pintores renacentistas, la textura de la luz, el escorzo del cuello, los pliegues de la túnica... admirable, casi una obra de arte. Además, es improbable que dos lágrimas exactas alcancen al mismo tiempo el mentón de una dama. Demasiada perfección. Recuerda que nosotros no somos máquinas.

Mientras uno de los guardias le clavaba unos sensores para comprobar su umbral de dolor, Abraham lamentó no haber prolongado más la sesión con la Rachel virtual: cuando Protos y sus esbirros acabaran de destrozarle el cerebro, aquel falso beso podría acabar siendo tan real como el resto de los recuerdos que aún guardaba de ella.

SIETE

29 de octubre

Hoy es el día. No estoy tan asustada, ni tan nerviosa como suponía que iba a estar cuando trataba de anticipar este amanecer. Es cierto que mi parte de la misión es la menos expuesta, pero teniendo en cuenta que es la primera yo esperaba empezar a sentir retortijones nada más poner el pie fuera de la cabina de sueño. He pedido el día libre en el museo. A mi supervisor le extrañó la petición, en todo el tiempo que llevo allí jamás le había pedido un día libre, ni tan siquiera unas cuantas horas. Lo cierto es que hasta ahora no tenía un lugar mejor en el que estar que paseando por sus salas, repletas de objetos maravillosos, o hundida en la oscuridad de la sala de proyecciones, llorando como una boba cuando Red se va, o cuando todos cantan junto a James Stewart en ¡Qué bello es vivir! *Hasta que el Grupo me admitió, antes de salir del museo dejaba mi vida colgada en sus paredes como si fuera una reliquia más, un objeto caprichoso e inservible. Fuera del museo me dejaba ser, caminaba entre la gente sin mirarla, con la cabeza baja, confundida más de una vez con una símil. El Grupo ha revivido mi esperan-*

za en el presente, es posible luchar contra la Corporación, rebelarse contra la injusticia como tantas veces hizo el pueblo en el siglo XX. Hay gente, la existencia del Grupo lo demuestra, que conserva la memoria y el instinto de la lucha por la justicia, pese a los censores de recuerdos que se encargan concienzudamente de aniquilar cualquier libro, película, o archivo que pueda alterar las conciencias de sus ciudadanos. Las historias del Che, o de la caída del Muro de Berlín, o de la resistencia contra los nazis, o la de los primeros mártires del ecologismo que perdieron su vida luchando contra las primitivas corporaciones, se transmiten en voz baja de padres a hijos para mantener vivas la memoria y la esperanza. Hay gente que no se deja vencer, que está dispuesta a arriesgarlo todo, aunque su sacrificio solo sirva para hacer una mínima muesca en la hermética coraza de la Corporación. Pelear contra ella es como luchar contra una hidra. Corren rumores de que la Liquion esta dirigida por un clon del anterior director. Eso explicaría por qué no envejece, y por qué ha sobrevivido a todos los atentados anacoretas.

Nuestra misión de hoy en el depósito general de la PSV no acabará con ella pero dañará su imagen. Nuestra intención es grabar lo que hacen con los seres vivos una vez que entran en el almacén general y liberar a todos los que podamos. Luego colgaremos la grabación en la red y en todas las pantallas que logremos piratear, y que la gente juzgue. Estoy impaciente. Me gustaría compartir con alguien esta ansiedad, pero Klaus ha dicho que no debemos comunicarnos entre nosotros, ni antes ni después, hasta que haya transcurrido un tiempo prudencial. Es razonable, todo lo que dice Klaus es razonable. Cuando lo escucho hablar con el resto del Grupo no escucho a un soñador, ni a un guerrillero arrojado, solo a un pragmático soldado profesional. No veo ilu-

sión en sus ojos, jamás le tiembla la voz, ni se emociona, ni tampoco se irrita, ni blasfema, ni muestra ira. Nuestra relación, si es que se puede llamar así, es igual de fría. Me gustaría que me abrazara hasta hacerme crujir las costillas, que me besara igual que Bogart besaba a Bacall, como si quisiera entrar en ella a través de su boca. Tal vez pida demasiado, tal vez podamos, en un futuro remoto, derribar a la Corporación, pero me temo que el amor nunca volverá a ser lo que era.

—Pausa.

Neus abrió la ventana, el sol de media tarde prendía los rescoldos humeantes que erguían las olas al golpear contra el puerto. El aire sabía a yodo y con la primera bocanada la nariz se le atascó y los lagrimales se le llenaron de ácido. Cincuenta metros —pensó mirando hacia abajo—, unos segundos de vértigo y todo habría terminado.

OCHO

«HOLA, SOY HÉCTOR TINUS, AUNQUE MI NOMBRE NO LE DIRÁ nada, soy químico... su psicólogo me ha facilitado su número... debe ponerse en contacto conmigo lo antes posible. Está usted en peligro, los signos que se le aparecen en sus pesadillas son la mitad de una fórmula biológica extraordinaria... ¡Es fantástico! Siempre creí que era una leyenda pero es real, ¡santo Dios!, no se puede ni imaginar la maravilla que guarda usted en su interior... El único con el genio suficiente para descubrirla, Abraham 1416, fue detenido hace veinticinco años acusado de traición y nadie sabe qué suerte habrá corrido, por eso debe ponerse a salvo... si ellos se enteran de que usted... Por favor, devuélvame la llamada en cuanto visualice este mensaje y no hable con nadie más de esto».

Hadam se puso en pie de un salto, golpeándose la cabeza con un estante. «Repetir», ordenó a la máquina para cerciorarse de que el videomensaje no era otra jugarreta de su cerebro. Tras visualizarlo por segunda vez, sin entender todavía muy bien qué sucedía y qué podía sucederle, cogió su arma, abrió la escotilla, se subió a lo alto del furgón y, haciendo equilibrios, disparó a las antenas ópticas y a las microbalizas de señalización. Luego tomó los mandos y pilotó todo lo veloz y erráticamente que pudo. Sentía cómo la sangre le golpeaba las sienes y una mezcla de miedo y perplejidad lo empapó de nuevo de sudor. Tras ocultar el furgón bajo una plataforma solar, Hadam trató de asimilar el mensaje del químico: la serie de números y letras que se le aparecía era una fórmula milagrosa descubierta por un científico al que habían detenido por traición. Pensó en teclear el nombre del científico en el buscador, pero había destruido todas las líneas de conexión. Poco a poco su mente se fue despejando y un pensamiento destacó sobre los otros, sobre los que le animaban a correr, a ocultarse, a entregarse, a pedir ayuda («¿a quién?»); más que un pensamiento era la explicación que había estado esperando. Aquella fórmula era el motivo por el cual había accedido a la PSV sin pasar por la academia, el motivo por el cual siempre lo destinaban a lugares poco expuestos, el motivo por el cual le toleraban sus infracciones y desmanes. La Corporación sabía que guardaba ese tesoro en su interior y lo protegía como se protegería una botella que guardara un elixir maravilloso. Eso era él, eso había sido todos aquellos años, un recipiente que había que preservar. Hadam sintió que su vida había sido una enorme mentira, algo irreal. Luego se preguntó cómo demonios había llegado la fórmula a su cerebro y cuándo, en qué momento su destino había dejado de pertenecerle. ¿Desde la muerte de su madre?, ¿desde que aquel biólogo violó su mente?, ¿cuánto tiempo llevaba viviendo la vida que ellos querían que viviera? El químico había dicho que hacía veinticinco años de la detención de Abraham: los mismos que tenía él. Eso significaba que no había sido dueño ni de uno solo de sus días. Una rabia honda e irreprimible lo empujó a destrozar a patadas y puñetazos el interior del furgón. Agotado, dolorido, con los nudillos ensangrentados y las espinillas amoratadas, Hadam salió y se tumbó sobre la arena. La luz se escapaba lentamente de un cielo moteado de nubes púrpuras, un par de naves de carga parpadeaban a lo lejos. La oscuridad que caía sobre el cielo como un telón y la brisa recién enfriada acabaron de serenarlo. «Si se han tomado tantas molestias quiere decir que la fórmula es tan valiosa como dice el del mentón partido, y que no sabían cómo extirpármela. Me han tenido a mano mientras buscaban la forma de sacármela y yo se la solté de un tirón al psicólogo y él al químico, pobres desgraciados. Ahora que la tienen ya no les soy útil, por eso me han destinado hoy aquí, la botella está vacía, soy hombre muerto».

Hadam sacó de su mochila una barra alimenticia con sabor a pollo y la mordisqueó mientras volvía a ver el videomensaje en su pantalla personal. Esta vez condujo el zoom hasta la puerta de los ojos del químico. Al hablar de la fórmula su mirada se había humedecido de una emoción pavorosa. Cuando la cámara del canal de sucesos enfocó su rostro sin vida, aquella emoción todavía latía en sus ojos. La sorpresa de la muerte y el dolor de la puñalada no habían logrado matar aquella alegría miedosa de su mirada. Hadam escupió el sucedáneo de pollo al darse cuenta de un detalle que se le había escapado en las otras dos visualizaciones: «Dice "la mitad", ¿dónde escondiste la otra mitad de la fórmula, Abraham?».

NUEVE

—¿CUÁL ES EL PRIMER RECUERDO QUE LE INCULCARON?

—Un botón. Yo tenía ocho años y estrenaba traje. Mi madre estaba muy nerviosa por un compromiso importante y mientras se pintaba los labios con un lápiz violeta me advirtió que no jugara en el jardín porque acabaría por estropear el traje nuevo. Antes de que llegara la canguro salí al jardín, me subí a un árbol y se me saltó un botón. Tuve miedo y me escondí en una caja del sótano que olía a matarratas. Escuché a mi madre llamándome, cada vez más lejos, pero no me atreví a contestarle. Cuando empezó a anochecer sentí que algo me subía por la espalda y me mordía en el cuello, y salí corriendo. Mi madre estaba llorando en el salón, era la primera vez que la veía llorar, y era por mi culpa. Me abrazó, me pegó y me desinfectó el mordisco de la rata.

—¿Qué sucedió después?

—El compromiso era una entrevista de trabajo. Por mi culpa faltó a la cita y no la contrataron. Un mes después nos embargaron la casa y como ya no me podía mantener a mí me ingresaron en un orfanato.

—¿Y ella?

Protos arrancó de un tirón el cable que lo mantenía unido a la computadora, se levantó del diván, miró al ingeniero anímico con una mezcla de furia y asco, y dio por concluida la sesión de terapia sentimental para símiles.

—¡No soy uno de ustedes, no permito que el mismo recuerdo me joda más de una vez! —le espetó mientras cogía sus guantes y salía de la consulta.

Su humor mudó al escuchar el *Addio...* que Renata Tebaldi vertía desde el hilo musical del ascensor. Encarado en el espejo, Protos estiró cómicamente los pliegues flácidos de su anacrónico rostro. Bajo aquella luz ambarina, sus ojos de tiburón cansado le parecieron blandos, arcaicos, quizás demasiado sabios para resultar fieros. La decisión de mantener su rostro original cuando le insertaron el nuevo cuerpo había sido enteramente suya. Estaba acostumbrado a los declives de sus pómulos, a su barbilla afilada (cada vez menos), a la rutinaria frecuencia de su barba, a sus cambios de color según las estaciones; era improbable pero Protos sentía una especie de cariño orgulloso por su rostro. Sin duda, le complacía que los humanos reconocieran y temieran aquel rostro, aquella boca de la que salían condenas de muerte, aquellos ojos sin vida que habían contemplado impasibles los dolores más íntimos de varias generaciones de hombres. Cuando caminaba entre ellos podía detectar los impulsos eléctricos del miedo, el trote nervioso de sus corazones, el refulgir diamantino del sudor asomando en sus frentes. Su nombre, el rostro asociado a ese nombre, era sinónimo de horror y ese era un capital que se merecía, que crecía con sus hazañas y con sus ascensos en el cuerpo, y que no estaba dispuesto a perder por la ausencia de armonía estética que suponía llevar un rostro octogenario sobre el cuerpo de un atleta. Sus ingenieros actuales, a los que doblaba la edad, también lo temían, sospechaban que en algún momento de su remota creación, Dios o el Diablo habían intervenido infundiéndole un alma negra. Se acercaban a él igual que los antiguos curanderos se aproximaban a los emperadores con sus sanguijuelas y sus brebajes, convencidos de que el mínimo dolor de su amo supondría su inmediata muerte. Por eso, cuando le mostraron el bello rostro que estaba destinado a reemplazar al ajado, flácido y amarillento que mantenía siempre escorado a la izquierda y él hizo un leve gesto de asco con los labios, ninguno se atrevió a insistir. Si creyera que merecía la pena razonar con los humanos, Protos les hubiera dicho que entre sus obligaciones no estaba la de la belleza, que en realidad la belleza se había extinguido con el Renacimiento. Todo lo que la humanidad hizo después sobraba. Si él fuera Dios, tras la muerte de Leonardo, Miguel Ángel y compañía, hubiera dado por concluido el experimento humano. A partir de entonces, salvo contadísimas excepciones, los humanos lo único que habían hecho era generar basura y más basura. Protos veía a los humanos que lo habían creado con ambivalencia. Por una parte lo maravillaba su capacidad para la creación artística (aunque hiciera siglos que no la utilizaran), o las escasas manifestaciones de ese ente indemostrable que ellos llamaban alma o espíritu; y por otra parte los despreciaba por ser tan ignorantes, tan estúpidos como para haber aniquilado toda la vida a su alrededor o como para poner su inteligencia al servicio de su propia destrucción; él, el gran Protos, era el mejor ejemplo de esto último.

La sede de la Policía Antiterrorista, como el nido de una araña del que partían los hilos que mantenían a raya cualquier mínimo movimiento subversivo, estaba situada en el centro geométrico de la capital. El edificio era un cubo de caras plateadas por donde la luz resbalaba indolente, dotándolo de una grisácea aura de mal agüero. La nave de Protos aterrizó levantando una neblina de polvo amarillo y venenoso que viboreó por el mástil de la omnipresente bandera de la Corporación. Deprisa, potente en sus nuevas piernas biónicas, sin detenerse en su despacho, Protos arrastró su rostro disparatado hasta la celda de Abraham.

El biólogo se recuperaba de la última sesión hecho un ovillo en un rincón de la celda. Protos señaló la salida con su índice y los guardias, después de saludarlo marcialmente, salieron de la sala de control. Sigiloso, desactivó la puerta de energía y se sentó en el suelo frente al prisionero. El cuerpo de Abraham permanecía en su mayor parte en la penumbra, cada pocos segundos una pequeña convulsión lo sacudía sin llegar a despertarlo. Protos se detuvo en la contemplación de uno de sus pies que, impregnado por la luz violeta del pasillo, se le asemejó a un barco encallado en un remoto arrecife de sombras. El símil cerró las pupilas de sus viejos ojos sobre el pie de su prisionero casi con delectación. Descalzo, blanco, alargado, huesudo, con la planta veteada de viejas sangres y humores, le pareció de una inmensa fuerza plástica y la guardó en su memoria con la macabra alegría de un taxidermista. Luego se levantó de un salto y despertó al viejo con una patada en las costillas: los sensores neurológicos indicaban que ya había recuperado su umbral de dolor.

DIEZ

—RETROCEDER.

28 de octubre

Mañana es el día. He repasado mil veces mi parte de la misión y la de los otros, solo espero que los nervios o el pánico no me traicionen. Para tranquilizarme pienso que no tengo nada que perder. Mi vida se ha vuelto tan anodina que hasta una desgracia tiene una cara amable: la de la novedad. El Grupo es mi única posesión, fuera de él, no tengo, no soy nada. Una triste funcionaria en un museo que no visita nadie. Gracias al Grupo he conocido a Klaus, aunque a veces se me figure que fue al revés. Es tan maravilloso, tan inesperado, que de tanto repasarlo en mi corazón he acabado por emborronar la realidad. Hay días en los que creo que el pedestal en el que me he apresurado a subirlo está construido con mi desesperación. Que el baño dorado con el que aparece cubierto en mis sueños no es más que un espejismo, un reflejo traicionero del sol, una capa de aceite que Klaus utiliza para zafarse de mis abrazos. Su presunto amor parece regido por impulsos caprichosos: si hoy me besa fugaz-

mente los labios, mañana se comporta como un extraño, incordiado por mi presencia, aburrido como un actor al que no le agradara representar el papel que le han asignado. Ahora debo concentrarme en la misión, pero después hablaré con él sin guardarme nada.

Hay rumores de que quieren cerrar el museo. Dicen que por falta de productividad. La verdad es que no les interesa que la gente vuelva la vista hacia atrás. Por eso en los últimos tiempos las mejores obras, los Picasso, los Dalí, los Gauguin, fueron empaquetadas y bajadas a los sótanos. También han desaparecido algunas películas, y un misterioso virus selectivo ha devorado de las hemerotecas aquellas noticias que pudieran enturbiar el límpido firmamento que la Corporación ha erigido sobre ella a base de mentiras. Es cierto que una mentira repetida mil veces acaba convirtiéndose en verdad, no hay más que ver a nuestro alrededor, escuchar a la gente para darse cuenta. No sé qué haré si finalmente cierra el museo. Mi supervisor me ha dicho que no hay de qué preocuparse, de confirmarse el rumor nos recolocarían a todos en el Depósito de Arte Actual. Dudo que pudiera soportar el cambio, solo he estado allí una vez y fui incapaz de pasar de la primera sala. Que lo que se expone en sus paredes se llame arte no es más que otro insulto a la inteligencia humana, otra mentira que de tanto repetirla acabaremos por creer. Estoy convencida de que la Corporación también está detrás de las vanguardias artísticas. El arte es un diálogo entre almas y ella ha invertido billones en demostrar que el alma no existe, que no es más que una superstición anticuada. Propiciando un arte que no diga nada lo que consigue es que las almas de sus ciudadanos se adormezcan todavía más, y unos ciudadanos sin alma, ocupados únicamente en satisfacer las necesidades que han crea-

do previamente, se vuelven mansos y maleables. La negación del amor no es más que un derivado de la negación corporativa del alma. Han logrado que la gente se crea que el amor no existe. Sus científicos, con sus teorías neuronales y endorfínicas, han convertido a Romeo y Julieta en dos psicópatas. De seguir así, en poco tiempo no habrá diferencia entre los símiles y nosotros. Los nuevos programas anímicos que se están probando con ellos los van acercando a los humanos, pueden pensar, reír y hasta hacer pseudochistes, mientras que la política de la Corporación está consiguiendo que los humanos nos vayamos alejando cada vez más de lo que no hace mucho éramos: seres únicos, preciosos, irrepetibles. No es de extrañar que pretendan cerrar el museo, allí se rinde homenaje a personajes extraordinarios, idealistas, soñadores, poetas, cultivadores del alma, adoradores del amor, exactamente el tipo de individuos que pretenden extinguir. La Corporación nos quiere a todos iguales, uniformes, impulsados por los mismos resortes, pendiendo todos de los mismos hilos que ellos manejan con maestría.

La batalla todavía no está perdida. Mientras haya resistencia quedará esperanza. Mañana las cosas pueden empezar a cambiar un poco, tal vez consigamos despertar algunas almas. Intentaré dormir y soñar con que todo sale bien, la misión, el Grupo, Klaus y yo...

ONCE

LA NOCHE CAYÓ SIN GANAS, COMO UNA MANCHA DENSA Y LENTA, demasiado lenta para sus acelerados nervios. Sentado sobre el techo del furgón, Hadam pensó que la ciudad, con su pálpito de luces histéricas, era casi hermosa. A decir verdad, ahora que su vida corría peligro todo le parecía hermoso: el perfil ondulante de las montañas de arena, la luna, envuelta en la baba amarillenta que abastecía el polvo de sus canteras, el tam-tam bronco, de tambor ancestral, de las plantas purificadoras del aire, hasta el olor amargo y pegajoso que traía la brisa nocturna entraba en sus pulmones con un frescor nuevo y gratificante; con la muerte tan cerca, todo a su alrededor adquiría la virtud preciosa de lo efímero. Su madre solía decirle que la naturaleza nos había malcriado rodeándonos de demasiada belleza y que, por eso, como los niños ricos destrozan sus juguetes, los hombres estaban matando el planeta convencidos de que «papá Dios» nos iba a comprar otro nuevo. Hadam comprendía ahora algo de todas aquellas aburridas peroratas que le escuchaba a la excéntrica de su madre. En ese instante en el que sabía que su minúscula existencia se podía extinguir en cualquier momento, apreció la grandeza y la fragilidad de la Vida y la necesidad de preservarla. Justo aquello a lo que su madre había dedicado hasta su último aliento y justo aquello por lo que él la había llegado a odiar. Por primera vez desde su muerte, Hadam la echó de menos y se arrepintió no solo de su egoísmo, sino de haber puesto tanto celo en destruir sus recuerdos.

Sus planes inmediatos eran deshacerse del furgón, llegar hasta la ciudad, camuflarse entre la gente e idear la forma de localizar la otra mitad del tesoro, porque Hadam ya había decidido que la fórmula equivalía a un tesoro por el que podía perder la vida pero que también se la podía solucionar.

Antes de despeñar el carísimo vehículo de la PSV por un barranco, Hadam recordó que no estaba solo. Cogió una pala, buscó un lugar con algo de sombra, cavó un hoyo, y replantó el par de arbustos que guardaba de repuesto por si un día se le daba especialmente mal la detección. Luego sacó de su jaula a la escurridiza lagartija y se la guardó en un bolsillo de la camisa. El furgón hizo al caer un ruido seco, de hueso quebrado: «Ahora ya no hay vuelta atrás».

—Disculpe, ¿podría ayudarme? He tenido una avería y necesito llegar hasta la ciudad. —Hadam desanduvo la carretera un par de kilómetros hasta llegar a una planta de residuos donde un contenedor descargaba su pestilente mercancía.

—Oh, sí, como quiera, pero ¿cómo es que no lo remolcan? —El piloto, un tipo de cabeza rapada y grandes gafas, lo miró con desconfianza.

—Lo cierto es que no quiero llamar a la central, es la segunda avería este mes y me van a sancionar, si fuera tan amable de acercarme a la ciudad compraría un circuito de transmisión nuevo y estaría de vuelta antes de que se enteraran mis jefes.

—Ah, los jóvenes, siempre, *siempre* hay que llevar repuestos. Mire —el transportista abrió un compartimento—, dos circuitos de cada, además de memorias y chips de un solo uso. Llevo más de veinte años en la ruta y no me he quedado tirado ni he llegado tarde una sola vez, es cuestión de sentido común. Suba, de todos modos yo entiendo algo de electrónica, si quiere puedo echarle un vistazo.

—No, no se preocupe. Esto me servirá de escarmiento. ¿Le molesta si utilizo su pantalla? Quiero consultar las existencias de la tienda de repuestos.

—Le ruego que no se demore, no es reglamentario. —El hombre pelado comenzaba a arrepentirse de haber subido a aquel PSV a bordo y tanteó con la mano la porra de impulsos que escondía en un lateral del asiento.

Hadam buscó información sobre Abraham. Era arriesgado utilizar su clave, pero calculó que tardarían quince o veinte minutos en localizarlo y para entonces ya habría abandonado a su buen samaritano. Quería encontrar alguna conexión que lo uniera al biólogo. Lo primero que pensó fue que su madre lo conocía, pero el tipo trabajaba para la Corporación y su madre odiaba a todo aquel que ponía su talento al servicio del «mal», así lo llamaba ella: «el mal». El intento de búsqueda fue vano, la información sobre Abraham estaba clasificada y despertó una molesta alarma de seguridad.

—Eh, amigo, ¿¡qué ha hecho!?

—Disculpe, le he dado a la opción equivocada.

—Le agradecería que dejara la pantalla tranquila. No quiero tener problemas. —El transportista abrió si demasiado disimulo los clips que sujetaban la porra.

Hadam se dio cuenta de la maniobra y palpó su arma por encima del abrigo.

—Antes de irse le agradecería que me dejara escanear su tarjeta, por si me preguntan por la alerta de seguridad —dijo con una falsa sonrisa.

—Claro, faltaría más, no quisiera causarle ningún problema. —Hadam duplicó el tamaño y la falsedad de su sonrisa y se llevó la mano al bolsillo.

En la ventanilla aparecieron los primeros bloques de torres, estaban entrando en la ciudad. Hadam sacó su arma y golpeó el cráneo lampiño del chófer.

—Lo siento, hoy casi seguro que llegas tarde.

Igual que había hecho con su furgón, Hadam inutilizó los sistemas de detección, desconectó el piloto automático y zigzagueó por la ciudad hasta que el contenedor quedó atorado en un oscuro callejón del muelle. Antes de bajarse, no pudo resistir la tentación y abrió el compartimento de los repuestos y los esparció sobre la espuma ácida del mar.

El olor a óxido y salitre le despejó los pulmones y la mente. Si quería saber algo del tipo que le había arruinado la vida necesitaba burlar la barrera de seguridad de la base de datos de la PAT. Hadam solo conocía a un tipo con el suficiente talento para violar los sistemas de seguridad de la Corporación y con el suficiente desinterés por la vida para hacerlo. Sentado en un espigón del puerto, seleccionó el número en su pantalla personal.

—7799, ¿a qué debo el dudoso honor?

—¿Cuánto hace falta para que un humilde funcionario de la PSV pueda conseguir tus servicios?

—Depende de lo que quieras pagar.

—Necesito entrar en la base de datos de la Corporación.

—¿Qué grado de seguridad?

—Alguien quiere mi cabeza, así que quiero pensar que máximo.

—¿Tanto vale tu cabeza?

—Solo el contenido.

—Vaya, qué caro se ha puesto el aserrín.

—Qué ocurrente, y luego dicen que el onanismo seca el cerebro.

—Pásate por aquí y veremos qué puedo hacer.

—¿Te parece bien en media hora?

—Cuando quieras, ya sabes que hace años que no salgo.

—Gracias, Xeneka.

—Todavía no te he dicho lo que quiero a cambio.

—Amigo, no lo sabes aún, pero lo que tú quieres lo llevo en el bolsillo de la camisa.

DOCE

AL SENTIR LA PATADA EN LAS COSTILLAS SE LE VINO A LA BOCA UNA mezcla de sangre y vómito que eligió volver a tragarse. Abraham no necesitó levantar la vista para saber que el dueño de la patada era Protos, su más fiel y eficiente torturador.

—Debo reconocer que tu resistencia es tan admirable como estúpida. ¿Tienes idea de cuánto tiempo llevas aquí?

—El tiempo es relativo —la voz de Abraham se desprendía de su boca teñida de rojo—, para un perro debo llevar dos o tres vidas, para un roble unos pocos anillos, para un símil como tú apenas unas muescas en tu vasta y pobre memoria.

—¿Por qué pobre? —Protos mostró sus pequeños dientes en una sonrisa de suficiencia y apoyó la espalda en la pared.

—Porque no tenéis miedo a morir. —Abraham tomó aire hasta que sus pulmones chocaron contra las costillas astilladas—. «El pensamiento de la muerte es el que hace que el hombre resplandezca en la oscuridad del tiempo». —Tosió, y un esputo brillante y sanguinolento cayó cerca de las botas de Protos—. Mientras nosotros atesoramos recuerdos, vosotros acumuláis memoria.

—¿Acaso no es lo mismo?

—Ni por asomo. —Abraham aprovechó la mueca de dolor para sonreír—. Lo que a mí me enriquece, a ti, simplemente, te carga.

—Y dime, Abraham, ¿todavía no te has cansado de atesorar tanto dolor?

—Al contrario, querido Protos, esa droga que utilizáis, la PT12, creo que ya no podría vivir sin ella. —Abraham sabía que aquel tono burlesco irritaba al símil.

—La PT12 no la usan ya ni los anacoretas, ahora hay cosas más sofisticadas. Por suerte contamos con los mejores científicos del mundo. Científicos que trabajan sin descanso para los ideales de la Corporación, genios como tú, Abraham, que tanto ayudaste al progreso de la causa. —Protos era capaz de utilizar la ironía tan certeramente como los puños y Abraham encajó peor el comentario sobre los dueños de su trabajo que la patada en las costillas. Rachel volvía a hablar por boca de Protos, esta vez sin programa de realidad virtual.

—¿Cómo puedes venderte así?

Rachel había tomado el rostro de Abraham entre las manos y con los ojos hundidos en unos lagrimones turbios buscó en los de él la explicación a aquella traición. Le resultaba imposible creer que Abraham fuera a aceptar la propuesta que le había hecho la Corporación para que dirigiera un nuevo laboratorio de biomedicina. Sentía que Abraham estaba traicionando no solo al partido y con él a todo el planeta, sino también a la intimidad que habían compartido durante cinco años. Que Abraham se vistiera la bata rojinegra de la Liquion Co. significaba que había compartido su vida y su cuerpo con un extraño.

—Qué importa quién pague, lo importante es que ellos tienen los mejores equipos, ¿no lo entiendes? Me han prometido un presupuesto increíble y todo lo que pida. Los ensayos que ahora tardo meses en llevar a la práctica, con ellos me costarán minutos. —Abraham trató de manchar los ojos de Rachel con la falsa ilusión de los suyos.

—Sí, Abraham, la Corporación tardará menos en tener los conocimientos suficientes para acabar de arrodillarnos. ¿Tan ciego estás? Piensas que van a dejar que tus descubrimientos mejoren el mundo. Utilizarán tu talento para hacerse más grandes e invencibles. —Rachel cerró los ojos despeñando su jugo.

—Exageras. Hay cosas que no se pueden ocultar, ni dejar de compartir.

—¿Recuerdas lo que sucedió con la vacuna del sida?

—Eso fue hace mucho tiempo, las cosas han cambiado. —Abraham mojó los pulgares en las lágrimas de Rachel como si quisiera enjugar su culpa.

—Sí, las cosas han cambiado para peor. Si un laboratorio ocultó durante años la vacuna de una enfermedad mortífera hasta asegurarse la exclusividad de la patente, qué no hará la Liquion para perpetuarse en el poder. —Rachel volvió a abrir los ojos mostrando a su nueva inquilina: la rabia.

—Aquel investigador era un ingenuo, yo sé dónde me meto.

—Tú eres el ingenuo, Abraham, te exprimirán como a una naranja y se guardarán el zumo para ellos. —Rachel se apartó de él con determinación.

—Vente conmigo. —Abraham cogió sus manos al vuelo.

—¿A la Corporación? —Ella se desprendió con dulzura, se giró con una sonrisa cínica y fue a detenerse junto a una ventana cercada por nubes amarillentas.

—Juntos podremos burlarlos, a la Liquion, a la Seaway, a cualquiera que se nos cruce en el camino. —Abraham volvió a su ilusión sin alas.

—Nadie burla a la Corporación. —El rostro de Rachel se ensombreció todavía más.

—Debo intentarlo, estoy tan cerca, Rachel, tú lo sabes...

—Si lo consigues ahora, su imperio no se acabará nunca. Su sistema se perpetuará y la compañía que la dirija en ese momento, la Liquion o la Seaway, aniquilará a la otra. Si el bicorporativismo es malo, no quiero pensar lo que será una dictadura de cualquiera de las dos.

Abraham se dejó caer sobre el sillón, compartía el temor de Rachel pero el riesgo merecía la pena. Él confiaba en dosificar la información sobre sus hallazgos de tal forma que la Corporación siempre fuera por detrás del estado real de sus avances, así tendría cierto margen de maniobra y llegado el momento podría despistarlos. También sabía que ella no perdonaba y que si la traicionaba sus días estaban contados, pero su vida, en comparación con lo que aspiraba a descubrir, era un precio insignificante.

Rachel utilizó su reflejo de la ventana para recogerse el pelo, luego, como si aquella despedida fuera demasiado pesada, se puso con lentitud la gabardina. Abraham no quiso mirarla y se escondió entre las manos. Al pasar junto a él, Rachel le acarició la cabeza casi con brusquedad.

—Buena suerte, supongo —dijo mientras cerraba la puerta tras su pasado.

TRECE

LA NOCHE, CON SU RESPLANDOR PÚRPURA, NO ACABABA DE encenderse en la ventana. Algunas naves de carga rompían con desgana la barrera del sonido centelleando en el horizonte como luciérnagas ciclópeas. Neus dio la espalda a la cristalera, abrió la palma de la mano y tanteó con delicadeza el peso de su muerte. Antes de darle aquellas cápsulas, junto con una rudimentaria arma que no sabía ni empuñar y un intercom descodificado, Klaus le había advertido que la muerte nunca es dulce pero sí preferible a un interrogatorio de la PAT. Neus se preguntaba si los miembros del Grupo habrían podido tomárselas. Lo más probable —pensaba— era que no. El delator los habría puesto sobre aviso y antes de que alguno tomara la decisión, ya las habrían confiscado. Los posibles motivos de su no detención se le vinieron de nuevo a la mente («¿Por qué yo?») y azuzaron sus nervios hasta el borde del abismo que había elegido. Cogió un vaso, lo situó con lentitud en la bandeja del purificador de líquidos y lo llenó hasta la mitad con austeridad, sin caer en la cuenta de que ya no había necesidad de racionar el agua. Antes de tragarse las cápsulas seleccionó «Miles» en su archivo musical, quería irse escuchando, una vez más, la última, el *Kind of Blue.* Las pastillas le dejaron en la lengua un sabor agrio de caramelo caduco que el medio vaso de líquido reciclado no logró domar. Arrellanada en el suelo frente a la pantalla, abierta como una flor al revoloteo sabio y pausado del saxo de Miles Davis, Neus decidió esperar la muerte leyendo lo que había sido su vida.

—*Retroceder.*

20 de septiembre

Muchas veces pienso para qué escribo esto, o para quién. Cuando empecé, animada por mi madre, lo hacía porque sospechaba que ella, al volver de sus interminables jornadas en la central nuclear, lo leía a escondidas. Era una forma de contarle todo aquello de lo que no podíamos hablar por falta de tiempo o por exceso de pudor. Cuando algo me preocupaba lo dejaba expresado por escrito y unos días más tarde, misteriosamente, mi madre sacaba a relucir el tema o me enviaba a alguien que me aclarara las dudas. Al poco tiempo comencé a llevar dos diarios, el que escribía para que leyera mi madre, en el que fingía llevar una vida feliz y sin problemas para que ella no se preocupara (bastante tenía ya con su trabajo y el cáncer provocado por las radiaciones incontroladas de la central que le devoraba sin piedad los huesos), y el que escribía para mi ángel de la guarda, para ese ser que siempre me ha cuidado desde la sombra. El mismo que me salvó de morir ahogada en el muelle y el mismo que hizo que aquel insigne doctor estuviera casualmente en la ciudad para curarme aquellas extrañas fiebres. Tal vez siga escribiendo este diario para él, para mi ángel, para que sepa qué me preocupa y, como hacía mi madre cuando aún podía ocuparse de mí, le ponga remedio. Es algo irracional, una superstición infantil, pero hasta ahora me ha dado resultado. Siempre que dejo por escrito alguna de mis cuitas sucede algo que las resuelve o las alivia: este precioso apartamento, mi trabajo en el museo, y ahora el Grupo antiCo... y quién sabe si Klaus. Entrar en el Grupo ha sido como volver a nacer, como si se me encendiera la sangre después de lustros de oscuridad. Luchar contra los desmanes de la Corporación será a partir de ahora mi prioridad. De momento somos pocos, mal armados y, al menos en mi caso, cobardes, pero constituimos el germen, las primeras bacterias que unidas a otras, como los anacoretas o los anarcologistas, se convertirán en la enfermedad que la derribe.

Los últimos informativos han abierto con la noticia de que la Liquion ha aumentado un diez por ciento sus clientes, con lo que tiene todas las papeletas para gestionar la Co. durante otros cinco semestres. Su gemela rival, la Seaway, va a impugnar, como hace siempre, los resultados, pero a menos que regale tarjetas negras a sus clientes está destinada a ser la segunda de la fila. Cuando consulto las hemerotecas del museo no me sorprendo de que hayamos acabado así, en realidad se veía venir. No soy ninguna ingenua, sé que al mundo siempre lo hizo girar el dinero, pero a partir de finales del siglo XX *el culto al beneficio se convirtió en enfermizo. Las grandes potencias emprendieron una estúpida carrera en la que ganaba la que antes transformara en dinero todo lo que tenía alrededor. El bienestar de una sociedad se comenzó a medir por su producto interior bruto o por el volumen de sus exportaciones y no por el grado de felicidad de sus ciudadanos. A partir de entonces, los habitantes de este planeta nos convertimos en unos miniproductores más, en cabezas de ganado a las que sacar un rendimiento cada vez mayor. Los beneficios no se redistribuían en forma de mejoras socia-*

les, en medicinas, hospitales, escuelas... Los beneficios se reinvertían en comprar reservas de petróleo, cuotas de contaminación o, directamente, en adquirir pequeños países arruinados a los que poder explotar sin remordimientos patrióticos. Pronto, las políticas de los gobiernos no se diferenciaban de las estrategias empresariales, el capitalismo salvaje se convirtió en una especie de religión cuya doctrina lo empapaba todo: la educación de los niños, los medios de comunicación, el arte... Los partidos políticos cambiaron las ideologías para valerse solo de las estadísticas y eslóganes, todos se buscaron el patrocinio de alguna corporación de empresas que los financiara y los apoyara publicitariamente a través de sus medios de comunicación de masas. El siguiente paso estaba claro, las corporaciones, dándose cuenta de que ellas eran las «propietarias» de los clientes, o lo que era lo mismo, las dueñas de los votos, fundaron sus propios partidos políticos, entraron en los parlamentos, y pronto gobernaron los países, modificando las leyes a su antojo y expandiendo un papanatismo interesado a través de martilleantes campañas publicitarias y de películas donde se exaltaban los valores que les convenían: el culto al dinero, a «poseer», a ser posible los productos y servicios que ellas vendían.

Pese a las advertencias de los pocos científicos a los que los gobiernos-empresa no habían comprado, las corporaciones continuaron con su loca carrera en pos del tanto por ciento, destruyendo sin pausa las reservas forestales, la capa de ozono, los océanos, las plantas, los animales, todo lo que se interponía entre ellos y sus objetivos semestrales. Luego vinieron los accidentes nucleares en cadena, los atentados de los países del tercer mundo en nombre de sus hijos muertos de hambre, y en unas pocas décadas el aire se volvió irrespirable, los mares y todo lo que tenían dentro se fueron murien-

do y un vaso de agua pura empezó a costar tanto como un puñado de diamantes. El partido verde, el único que les hizo frente y al que no pudieron comprar, solo pudo aguantar unos años. Fue declarado anticorporativo, sus dirigentes fueron encarcelados acusados de traición o tuvieron desgraciados accidentes. Todavía recuerdo lo que lloré la muerte de Rachel Ghan, la heroína ecologista de mi infancia, y aún hoy puedo recitar de memoria fragmentos de sus discursos. A ella también la sacaron de en medio, camuflaron su asesinato tras un burdo accidente aéreo, pero el mundo entero supo qué había pasado en realidad. Rachel tenía el don de despertar las conciencias adormecidas por los juegos de realidad virtual, cuando ella hablaba la gente volvía en sí, salía del sueño hipnótico que la Corporación expande desde las pantallas murales. Cuando escuchaban la tibia voz de Rachel levantándose sin esfuerzo sobre los pegajosos jingles y el ruido atronador de los primeros automóviles voladores, miraban a su alrededor y se preguntaban: «¿Cómo hemos llegado hasta aquí?». Yo siempre quise parecerme a ella, y para imitarla me recogía el pelo en una cola de caballo e incluso estudié biología, pero mi parecido con ella se quedó ahí. Me faltaba carácter, valentía y esa lucidez que hacía que cada palabra que salía de su boca descubriera la podredumbre que se escondía bajo las sonrisas dentífricas y los cuerpos perfectos de los nuevos políticos. Yo era débil, aún lo soy, no me atrevía a transmitir mi verdad, me conformaba con mantenerla intacta, a salvo de las distorsiones de la Corporación, pura, agazapada en mi rincón, escuchando mis viejas grabaciones de los Beatles o de Dylan, leyendo en papel novelones de Henry James o enamorándome como una estúpida de Paul Newman. Por suerte, mi despertar ha llegado, todavía estoy a tiempo de seguir los pasos de Rachel Ghan.

CATORCE

XENEKA HABITABA UN PROFUNDO SÓTANO, DESCONOCIDO POR LA luz del sol y el aire, al que se bajaba por una angosta e interminable escalera de caracol que parecía girar y girar en busca del corazón del diablo. Hadam plantó su cara ante la cámara de la entrada sin ánimos para bromear con una mueca.

—Traes mala cara, amigo. —Xeneka oprimió el botón de apertura.

El cubil del hacker estaba al fondo de un pasadizo de chatarra informática. Teclados con las letras borradas por el uso, pantallas obsoletas y circuitos desbaratados formaban una especie de membrana celular alrededor del gran núcleo de carne. Los ojos de Hadam tardaron unos segundos en adaptarse a la penumbra azulada que reverberaba en la pantalla. Inmenso, blando, desbordando su humanidad sobre una silla combada por el esfuerzo, Xeneka vaciaba una bolsa de snacks en su excepcional boca.

—Xeneka, qué buen aspecto, ¿estás haciendo ejercicio? —Hadam perdió su mano entre la masa de carne que el otro le tendía con desgana.

—Búrlate lo que quieras, mi nombre no aparece entre los diez más buscados por la PAT.

—Espero que por lo menos me hayan puesto el primero. —Hadam bromeó sin fe.

—No sé en qué estás metido, pero han movilizado hasta a tus compañeros caza-animales. —Xeneka echó mano de una mochila que tenía colgada de la silla y sacó otra bolsa de snacks.

—A eso vengo, a que tú me ayudes a saber en qué estoy metido.

—Te va a costar caro. —Xeneka se limpió los bordes grasientos de los labios con el dorso de la mano.

—Si todavía no te he dicho lo que quiero. —Hadam dio un paso al frente para que el otro viera claramente su expresión.

—Es igual, te debería cobrar solo por estar aquí. Es peligroso hasta pensar en ti.

—No nos pongamos sentimentales, ya sé que no falto en tus fantasías.

—El contador corre, Hadam.

Hadam sacó del bolsillo de la camisa la escuálida lagartija y la expuso delante de los diminutos ojos de Xeneka como si fuera un collar de perlas.

—Habla —dijo Xeneka relamiendo las últimas migas que colgaban de sus barbas.

—Abraham 1416, necesito su vida y milagros completos.

El hacker se giró hacia el teclado cuyas letras habían empezado a mudar por efecto del tiempo y de la grasa que destilaban de ordinario sus dedos.

—¡Vaya!, lo han ocultado en un laberinto. Quién es este tipo tan importante, ¿tu novio? —En evidente contraposición con el resto de su organismo, los dedos de Xeneka eran ágiles y delgados, una demostración tangible de la teoría de la evolución.

—¿Podrás llegar? —Hadam cogió la bolsa de snacks y recordó que tenía hambre.

—La duda ofende. ¿Un poco de agua?

—Gracias, te estás volviendo humano.

—¡Para la lagartija!, parece sedienta.

—Concéntrate en Abraham, ya tendrás tiempo de jugar a las mamás con ella.

Hadam sacudió el polvo de un enorme sillón de cuero y se tumbó con cuidado de no aplastar a la lagartija que se revolvía nerviosa en su bolsillo. Al cerrar los ojos, la claridad de la pantalla del ordenador reveló sobre sus párpados la fórmula maldita que lo había arrastrado hasta aquella madriguera inmunda. En el fondo —pensaba Hadam— era una suerte que solo tuviera una parte, suponiendo que la otra mitad estuviera también oculta, le quedaba la remota esperanza de encontrarla antes que la Corporación y poder negociar por su vida. En su imaginación comenzaron a desfilar todos los deseos que su sueldo de PSV no había podido satisfacer (una botella de agua pura, una de las cien manzanas naturales que se sacaban a subasta todos los años, una símil de uso exclusivo...), hasta que se quedó plácidamente dormido. «Cierra los ojos y piensa en cosas bonitas», aunque sus pensamientos de ahora poco tuvieran que ver con los de cuando era niño, la receta que su madre le daba para conciliar el sueño rebelde todavía funcionaba. Por aquel entonces, la «cosa bonita» con la que se quedaba dormido era que ella estuviera en casa a la mañana siguiente y no tuviera una reunión del partido, o una manifestación en la otra punta del planeta. Pero lo normal era que a la mañana siguiente su madre no estuviera y que en los noticiarios del mediodía la viera con un niño asiático o africano en los brazos, con los ojos llorosos del que acaba de contemplar una tragedia, y que la escuchara dirigirse con la voz ronca, mojada de dolor, directamente al corazón de las gentes para que la ayudaran a parar aquel sinsentido en el que se había convertido el mundo. Al ver aquel pobre niño abrazado a su cuello, buscando instintivamente comida en los pechos de su madre, Hadam se sentía remotamente culpable por dejar que los celos por aquellos desnutridos niños prevalecieran sobre la compasión. Su madre siempre tenía alguien o algo por lo que luchar: los hambrientos, los represaliados del partido, los sin techo, la deforestación, las ballenas, el mar, el ozono, siempre había una causa que se interponía entre ellos, y Hadam creció odiando a los desgraciados y las desgracias del mundo, e, íntimamente, odiándose a sí mismo por ser incapaz siquiera de comprender el derroche de amor de su madre.

Una sirena despertó a Hadam de un plácido sueño en el que una símil neumática le ofrecía una manzana roja en presencia de la lagartija: «¿De qué me suena esto?». Xeneka aporreaba el teclado como si sus dedos fueran picos hambrientos. Desde donde estaba, Hadam solo veía su espalda eclipsando la luz de la pantalla.

—¿Qué sucede? ¿Te han detectado?

—De momento los he conseguido despistar, pero los tengo pegados al culo. ¿Quién cojones es este tipo? —Las flores y cocoteros de la camisa de Xeneka se habían empapado de sudor.

—Esperaba que tú me lo dijeras.

—Tenían la información de tu amiguito en un laberinto trampa, te dejan llegar más o menos fácil hasta ella y luego sueltan la red. Por suerte los vi venir.

—Pero ¿la tienes? —Hadam se levantó y se colocó a su espalda.

—Solo en potencia.

—No me jodas, cómo que solo en potencia. —Hadam se asomó a la pantalla con impaciencia.

—Sí, la tengo en el vientre de un virus de mi invención, pero tengo que sacarlo de su red antes de que se lo carguen.

—En el vientre de un virus... Los de tu gremio estáis enfermos.

—Es pura naturaleza cibernética, el virus entra en su laberinto, devora su información y vuelve a casa para deglutirla.

—¿Te das cuenta de que estás obsesionado con la comida?

—¿Por qué no te callas y me dejas trabajar?

Hadam dio un par de pasos hacia atrás y se hundió en la penumbra que merodeaba la pantalla. Instintivamente empezó a buscar una puerta trasera por la que huir si conseguían rastrear la señal de Xeneka. De suceder tal cosa la suerte del hacker estaría echada, aunque quisiera ayudarlo sería incapaz de arrastrar sus doscientos kilos escaleras arriba.

—¡Lo tengo! —Xeneka se giró victorioso haciendo chirriar las ruedas.

—¿Los has podido despistar?

—Tranquilo, están siguiendo a un clon de mi virus.

—¿Un clon?

—Sí, lo he mutado utilizando su señal como si fuera un espejo y han mordido el anzuelo. Me gustaría ver sus caras cuando se den cuenta de que ellos mismos son el origen del sabotaje. ¡Venga esa lagartija!

—Te la has ganado. —Hadam sacó a la inquieta lagartija de su bolsillo.

Mientras Xeneka compartía los snacks con su nueva mascota, Hadam descargó la información en su pantalla personal.

—¿Heliobacterium chlorum? *Esto va a ser todavía más complicado de lo que me temía.*

QUINCE

CAMINO DEL DESPACHO DEL DIRECTOR DE LA PAT, LOS SIMULADORES anímicos de Protos le provocaron una mezcla de sentimientos de congoja y ridículo. Mientras recorría con paso sincopado los largos y umbríos pasillos, sintió que las cámaras de seguridad escrutaban los recodos más alambicados de su intimidad artificial. Se palpó los carrillos descolgados con la mano enguantada y le semejaron más flácidos y deformes que de costumbre. Al bajar la mano vio que su impoluto uniforme blanco ya no lo era tanto: sobre su pechera, justo bajo los galones que lo señalaban como el símil de mayor graduación de la Corporación, una mancha roja denunciaba los jugos de su oficio. Los sentimientos de congoja y ridículo dejaron paso a un lejano temor que tenía su origen —Protos lo detectó al instante— en el falso recuerdo de su infancia en el que se le saltaba un botón del traje nuevo, y por un momento sintió el impulso de huir, luego un instinto imposible le conminó a humedecer con saliva un dedo de su guante y tratar de borrar la mancha, pero los símiles, aun los de última generación, no tenían flujos líquidos, solo un espeso gel rosáceo que hacía las veces de sangre, de hidratante y de inútil semen.

Al cruzar el último control de seguridad, Protos había racionalizado sus sentimientos. Se sentía incómodo porque el director le iba a pedir cuentas sobre el estado del interrogatorio de Abraham y no tenía nada nuevo que ofrecerle. El científico parecía inmune al dolor, al propio y al de sus semejantes. El símil pensaba que para un tipo de altos ideales, de especial sensibilidad, que había dedicado su vida a la investigación de una fórmula que aliviara los males del mundo, la visión del sufrimiento de un ser querido sería insoportable y acabaría por derrotarlo, pero Abraham había contemplado la tortura y la extinción de los que habían sido sus colaboradores sin despegar los labios. De no ser por un llanto casi mudo, casi seco, casi inmóvil, hubiera parecido que los que se retorcían de dolor ante sus narices y le suplicaban que hablara no significaban para él más que los conejillos con los que experimentaba sus vacunas. Aunque, por supuesto, no lo manifestara, él admiraba esa muestra de inhumanidad. Abraham parecía estar por encima de todo, no le importaba nada su vida ni la de sus semejantes. Era un ser sin futuro, condenado a sufrir hasta que su pobre organismo se rindiera, y, sin embargo, todas las mañanas encontraba en su mirada un fulgor desconcertante, que sin duda emanaba de su secreto, del pensamiento sanador de lo que su secreto iba a significar para la humanidad en un futuro que él sabía que no iba a alcanzar.

Aquella mirada limpia, fuerte y frágil a un tiempo se convirtió en una obsesión para Protos. Intuía que mientras aquella mirada ardiera en los ojos de Abraham a él le quedaría mucho trabajo por delante. Aquella —pensaba el símil— era la mirada de un cristo que contempla los clavos que lo traspasarán y ve en ellos al Padre redentor. En su tiempo libre, mientras Abraham y él descansaban (uno de sufrir, el otro de infligir sufrimiento), descargaba aquellos ojos en la pantalla mural de su cubículo y luego trataba de imitarlos, sin éxito, en un espejo. Algún tiempo después, Protos llegó a la conclusión de que aquella mirada del «Abraham sufriente» había sido la desencadenante de su decisión de ejercer lo que hasta ese momento se había limitado a amar: la pintura; y también la forma en la que Abraham le iba a devolver todo el dolor que le había provocado.

Sus primeros garabatos con carboncillo fueron los de un niño, y sus primeros óleos, unos borrones aceitosos, pero Protos era perseverante y tenía ante sí la eternidad. Descargó en su memoria todos los programas que existían de ejecución artística y todos los cursos, artículos y biografías de pintores que encontró. Después de destrozar, enrabietado por su falta de talento, cientos de lienzos, una buena mañana se encontró frente a una «naturaleza muerta» —no podía ser de otro modo— con cierta armonía de colores y una ejecución bastante afinada. El símil se derrumbó en el suelo contemplando lo que había creado y por primera vez en su larga vida deseó ser humano para poder emocionarse. Después de algunas «naturalezas» más, y unos cuantos bodegones, se dijo que estaba preparado para representar al hombre. El primero —tampoco podía ser de otro modo teniendo en cuenta su profesión— fue una copia del san Sebastián asaeteado. El cuadro iba a la perfección, con unas proporciones y unas texturas admirables en un principiante, hasta que llegó el momento de imprimir emoción en los ojos del santo. Por más que lo intentó, el martirizado acababa mirando al infinito con la expresión inanimada de una muñeca antigua, con la de un pájaro disecado o con la de un pez impasible. Tras varios meses de pruebas, decidió dejar al santo ciego y cambiar de modelo.

Probó con vírgenes, con cristos resucitados, con bucólicas pastorcillas, con férreos soldados griegos, pero era inútil. Protos era incapaz de representar el alma humana. Los cuerpos de los habitantes de sus cuadros eran anatómicamente perfectos, armoniosos, de cabellos brillantes, manos tersas, narices precisas, labios carnosos, mejillas encendidas de brasas románticas o portadoras de la palidez mortuoria del desamor, pero cuando pintaba sus miradas, sus figuras se volvían falsas, mediocres, maniquís desalmados. El símil no comentó jamás esta deficiencia de los programas de ejecución artística con los ingenieros que los habían diseñado. No quería que se burlaran de él a sus espaldas más de lo que ya lo hacían por negarse a sustituir su viejo rostro de primera generación. Seguiría probando, tal vez no se tratara de una maldición irrevocable, tal vez fuera una cuestión de probabilidades, de suerte. «¿Regirá el azar —se preguntaba asomado a los ojos de un Abraham semiinconsciente— también el destino de los símiles?».

DIECISÉIS

NEUS MIRÓ SU RELOJ COMO SI EN LUGAR DE A LA MUERTE estuviera esperando el metro, pero algo, tal vez el instinto de supervivencia o el temor a lo desconocido, le impidió armar en su rostro una mueca de impaciencia. Sentía un débil cosquilleo en la planta de los pies y una sombra de sueño que nublaba las palabras de su diario electrónico, y ahí se acababan los anuncios de la que, por el tiempo transcurrido desde la ingesta de las píldoras, debía ser su inminente extinción.

—*Retroceder* —ordenó.

15 de septiembre

Hoy me he entrevistado con el líder del Grupo. Ha sido muy emocionante, me citó en un viejo edificio de la zona norte y antes de decir una sola palabra me cacheó a conciencia y me pasó un detector desde la cabeza hasta los pies. Es alto, muy delgado, con una barba pelirroja muy afilada en la barbilla y unos violentos ojos verdes. Se llama Klaus, aunque ese debe de ser un nombre en clave. Me hizo un millón de preguntas sobre mi pasado y mis motivaciones. La que más me gustó fue la de si estaba emparejada o lo había estado. A lo mejor son imaginaciones mías pero noté que había algo personal en su tono. Se parece al Richard Chamberlain de Las minas del rey Salomón, *pero más alto. Su voz era pausada y contundente, acostumbrada a mandar. Me dijo que no tratara de localizarlos, que ellos se pondrían en contacto conmigo. Espero que sea él el que me llame...*

He estado a punto de borrar todo lo anterior, pero lo dejaré para que me sirva de lección sobre mí misma. Parezco una colegiala estúpida. Estoy a punto de dar el paso más importante de mi vida y en lo primero que pienso es en si le habré gustado al líder del Grupo. A veces tengo la sensación de que me desconozco, de que mi forma de actuar no se corresponde con mi forma de pensar y viceversa. El Grupo no es un juego para funcionarios ociosos, si finalmente me admiten estaré arriesgando mi vida y la de mis compañeros... y lo primero que se me ocurre es fantasear con Klaus. Si fuera honesta debería quitarme de la cabeza pertenecer a un grupo anticorporación, es evidente —no hay más que leer el primer párrafo— que no estoy preparada para ese tipo de responsabilidades. Quizás el aislamiento en el que he vivido todos estos años, el exceso de cine y de García Márquez hayan trastornado mi percepción de la realidad, igual que le sucedió a don Quijote, y sea incapaz de discernir los riesgos que acarrea enfrentarse a la Corporación. He habitado en una cómoda burbuja amueblada con todo lo que podía precisar, no he padecido privaciones, ni, salvo la muerte de mi madre, grandes traumas. Tengo la sensación de que no conozco nada de la vida real. Cuando escucho las conversaciones de los que se sientan a mi lado en el metro busco parecidos entre sus preocupaciones y las mías y me sorprendo de no encontrar ni una sola afinidad, como si pertenecié-

ramos a especies distintas, como si yo fuera una especie de símil refinada a la que nada importara la creciente escasez de comida, las reducciones constantes de las raciones de agua potabilizada o el incremento salvaje de las horas de producción necesarias para obtener la tarjeta de salud. Sí, mi vida parece la de una símil a la que hubieran programado para llevar una existencia indolente, concentrada únicamente en conocer y amar las historias que me ofrecen los seres que habitan el museo. Igual que los personajes de aquella novela en la que los protagonistas debían memorizar un libro para salvarlo del fuego de la corporación de turno. Hasta hoy mis mayores problemas han sido saber si Ilsa se quedaría con Rick o se iría con Laszlo, o si Red volvería algún día con Escarlata, o si Sundance y Butch habrían conseguido llegar hasta los caballos y huir, o si Rachel era o no una replicante, o si a Macondo se lo llevó el carajo, o si Raskolnikov era verdugo o víctima, o si todos buscamos al Kurt que llevamos dentro de nuestro tenebroso corazón. Esos han sido mis problemas todos estos años y, cuanto más me hundía en ellos, más irreales me parecían las preocupaciones de las gentes con las que me cruzaba por la calle. Por eso temo no estar a la altura del Grupo y comportarme como la estúpida del primer párrafo. Cuando la cosa se ponga difícil no podré darle a la pausa, ni cerrar el libro, en la vida real el tiempo no se detiene, avanza y avanza aunque no estés preparada para el siguiente paso, para el futuro.

Si soy piadosa conmigo misma puedo pensar que mi desmedido gusto por la ficción no es más que una necesidad adquirida, como lo son, por ejemplo, una cabina de sueño de última generación o ese macabro programa virtual en el que hablas con tus familiares muertos. A todos nos inculcan necesidades que debemos satisfacer. De hecho la Liquion y la Seaway han triunfado precisamente gracias a eso, a generar una cadena de necesidades que la gente aspira a satisfacer cuanto antes. Una vez satisfecha, la Corporación genera rápidamente una nueva para que nunca decaiga el deseo, el ansia de tener lo que sale anunciado en la pantalla. Lo que empezó como una forma inocente y creativa de abrir mercados a nuevos productos: los remotos teléfonos móviles, las comidas enriquecidas y los más variados y estúpidos artilugios electrónicos, se ha convertido en una ciencia milimétrica en la que intervienen psicólogos, neurólogos y hasta ministros de las religiones mayoritarias. Qué equivocados estaban aquellos soñadores que decían que el amor movería el mundo. Es el deseo el que lo mueve, la Corporación lo sabe y crea uno tras otro, como zanahorias que va poniendo ante nuestros ojos para que no veamos nada más, para que no nos paremos y miremos a los lados o hacia atrás, solo hacia delante, en pos de la última zanahoria: unas lentillas cuadradas, unas botas de titanio, diamantes lunares, perlas fotosensibles... Estoy convencida de que si hicieran una campaña vendiendo la muerte, haríamos cola en las tiendas para ser los primeros en morirnos.

A decir verdad tampoco somos tan distintos, ellos, las gentes que se sientan a mi lado en el metro, y yo. Nos une un dolor parecido, la única diferencia es que a ellos les duele todo lo que aún no tienen y a mí todo lo que ya hemos perdido.

DIECISIETE

XENEKA SE HABÍA GANADO HASTA LA ÚLTIMA ESCAMA DE SU lagartija. No solo había conseguido la ficha personal de Abraham sino que también había bajado informes confidenciales sobre él y los resultados de sus últimas investigaciones. Antes de irse, el hacker, inmensamente agradecido por su ser vivo, le dejó utilizar el purificador de pulmones e incluso le ofreció un poco de su líquido reciclado, pero Hadam prefirió la sed a beberse un descendiente del orín del bueno de Xeneka.

Al torcer la primera bocacalle, todavía aturdido por la siesta interrumpida y el aire viciado del cubil de Xeneka, Hadam se encontró con su rostro decorando una pantalla mural. La fotografía era la misma de su placa de policía. Se había propuesto un millar de veces actualizarla por una un poco más favorecedora pero la pereza solía vencerlo. El mensaje que había debajo de su estúpida expresión de muchacho recién salido de un orfanato corporativo era contundente: «Se busca, vivo o muerto. Recompensa: tarjeta negra Liquion». Hadam bajó la cabeza y siguió caminando entre la gente, rezando para que cuando levantara la vista su rostro hubiera sido sustituido por el de otro fugitivo o por el de algún nuevo artilugio productor de felicidad. Al ver que la siguiente pantalla estaba en blanco, levantó tímidamente la cabeza y dio un soplido de alivio.

—Hadam 7799, es inútil que huya. —La voz rebotó contra los cristales de las torres como un pájaro de hierro.

Hadam sintió que los huesos de las piernas se le licuaban y que si no se apoyaba en la pared se caería de bruces. Por un momento creyó que la voz sonaba a sus espaldas, pero el oficial de la PAT le hablaba desde la macropantalla.

—Lo mejor que puede hacer es entregarse, la Corporación le da su palabra de que respetaremos su vida.

Hadam se subió las solapas y se situó en medio de la multitud que entraba en el metro. Una tarjeta negra equivalía a emparentar con la nobleza del sistema corporativo, era un pasaje para la felicidad eterna, y cualquiera de los que le rodeaban mataría por una. De pie, dando la espalda al resto de ocupantes del vagón, fingió dormitar con la cabeza hundida en el cuello de su abrigo. Necesitaba un lugar donde ocultarse mientras trataba de discernir qué era aquello que tanto deseaba la Corporación. Estaba convencido de que en los archivos que tenía ocultos en su bota encontraría las claves de su repentina caída en desgracia. Por lo que había podido leer apresuradamente en casa de Xeneka, Abraham era un prestigioso biólogo que había centrado sus investigaciones en la fotosíntesis. Hadam recordaba haber visto en un canal científico un documental sobre la posibilidad de reproducir artificialmente los procesos fotosintéticos, pero la jerga que utilizaban había conseguido que se quedara dormido antes de que terminara. Lo único que sabía sobre el tema era que se trataba de un mecanismo natural mediante el cual las plantas dotadas de clorofila transforman la energía del sol en energía química. Hadam se preguntaba qué utilidad podría tener estudiar los procesos de unos seres vivos, las plantas, que estaban, él lo sabía bien, prácticamente extinguidos. Después de los accidentes nucleares y la casi total disolución de la capa de ozono, la radiación mató al noventa por ciento de la vegetación del planeta, y los elementos que consiguieron sobrevivir eran sistemáticamente recolectados para unos fines que Hadam, por más que trató de enterarse, nunca consiguió conocer. «Tal vez yo haya estado trabajando para tipos como Abraham», pensó. Balanceado por el vaivén del vagón, Hadam elaboró la teoría de que las plantas que los policías de seres vivos como él recolectaban iban a parar a los laboratorios de la Corporación donde experimentaban con ellas. Abraham había descubierto algo gordo, algo relacionado con las plantas y con aquella bacteria de nombre imposible: *Heliobacterium chlorum*; algo tan gordo que no quiso entregar a sus patrones, que escondió de sus zarpas. Hadam se dejó llevar por su fantasía hasta que vio a través del cristal de la puerta del vagón continuo a un par de policías identificando a todos los que se parecieran remotamente a él. El azar quiso que el metro se detuviera antes de que llegaran a su altura. Bajó con decisión, sin mirar atrás, y subió por las escaleras hasta la superficie.

Estaba en la zona este de la ciudad, en otros tiempos la más próspera, pero caída en desgracia desde el atentado con gas biológico que había matado a más de tres mil personas. La historia del barrio de Luxor se podía leer en los rostros deformados de sus habitantes, hijos y nietos de los supervivientes. Ojos desorbitados, chepas acuosas, brazos dispares... Los transeúntes con los que se cruzaba eran el catálogo de un demiurgo perverso. Hadam ocultó un brazo dentro del abrigo, simuló una aparatosa cojera y trató de confundirse entre las gentes que deambulaban sin demasiada convicción por las agrietadas y humeantes aceras. Le convenía aquel barrio, después del atentado los habían abandonado a su suerte y apenas enviaban patrullas a sus calles. La mayoría de los afectados no pudieron continuar con su trabajo, perdieron la tarjeta de salud y se fueron muriendo por las esquinas. Los que no tuvieron la fortuna de morir arrastraban su dolor aguardando, viviendo en sus antiguas casas con lo que les daban las pocas organizaciones de caridad autorizadas. Alrededor del barrio se levantó una valla que advertía al paseante despistado que se adentraba en una zona apestada. A la Corporación no le agradaban los desiguales, los deformes, su política era de uniformes, de tantos por ciento, de mayorías absolutas. Poco después del atentado, operarios de la Liquion y de la Seaway retiraron las pantallas murales que tenían instaladas en el barrio. Sus habitantes habían dejado de ser dianas publicitarias, era difícil venderles algo. Cuando tienes tres brazos o una sola pierna no puedes pilotar un auto de última generación, no te preocupa el aspecto de tus nalgas y toda la ropa te sienta mal.

DIECIOCHO

15 DE AGOSTO

He soñado que estaba en Casablanca, *dentro de la película, sentada en una de las mesas del café de Rick, bebiendo champán, sola. Era plenamente consciente de lo extraordinario de estar allí, de que era un sueño hecho realidad, y lo miraba todo con avidez, sin querer perderme nada del espectáculo que tenía delante. Llevaba el pelo recogido y un vestido color marfil, hacía calor y el champán estaba tan frío que sus burbujas te dormían la lengua. El local se fue llenando de hombres de impecables trajes negros, señoronas enjoyadas y ruidosos oficiales alemanes. En una de las mesas estaban sentados Ilsa, Laszlo y el capitán Renault. Yo sabía que si estaba Ilsa en el local, Rick no podía andar lejos, así que coloqué la silla justo enfrente de su mesa para poder ver mejor la escena. Entonces, Sam aparcó su piano a mi lado y me preguntó si quería escuchar alguna canción.* One more kiss, *le dije después de dudar un segundo.*

—Esa es una buena elección, señorita. —Sam me enseñó sus dientes, se sentó y empezó a cantar con una voz dulce como la seda.

Rick salió del despacho atraído por la canción y cruzó todo el café sin dejar de mirarme. Llevaba su esmoquin bicolor (chaqueta blanca y pantalón negro), el pelo mojado y peinado hacia atrás y su eterno cigarro entre los dedos.

—Hacía mucho tiempo que nadie pedía esa canción —me dijo mirándome a los ojos como solo él podía mirar—. ¿También le parece preciosa?

—Me trae buenos recuerdos.

—Mi nombre es Rick —dijo tendiéndome la mano.

—Lo sé —contesté estrechándosela, sorprendida de su frialdad.

—¿Nos conocemos?

—Todo el mundo en Casablanca conoce a Rick.

—Estoy en desventaja, señorita...

—Neus.

—Precioso nombre. ¿La puedo invitar a una copa?

Rick olía a colonia antigua, tenía los dientes saltones, algo amarillentos, igual que el blanco de los ojos, y una sombra de barba irreductible le endurecía el rostro.

—¿No le echarán de menos? —Miré de reojo a Ilsa.

—Descuide. —Rick chasqueó un dedo al camarero.

—Creía que nunca se sentaba con los clientes.

—Ahora ya no es usted un cliente, es mi invitada. ¿Cuándo ha llegado a Casablanca?

—Hoy.

—¿Por mucho tiempo?

—Me temo que solo por esta noche.

Rick armó su sonrisa gamberra y cínica y elevó su copa.

—Bien, brindemos por que esta noche sea la más larga y hermosa de nuestras vidas.

Empecé a sentirme algo incómoda. Desde la mesa de enfrente, Ilsa no dejaba de mirarnos con una expresión de de-

sagrado mal disimulado. Incluso el capitán Renault se había girado para ver quién era la mujer que tanto irritaba a su compañera de mesa. Su marido, resignado, trataba de esconderse detrás de una sonrisa impasible, pero se le presentía tan incómodo como lo estaba yo.

—¿Cuándo fue la última vez que escuchó One more kiss*? —pregunté.*

—En España, sonaba mientras me recuperaba de algunas heridas.

—¿De la guerra?

—Peor, del desamor, de la traición. —El rostro de Rick pareció cubrirse de nubes, bajó la cabeza apesadumbrado, soltó humo por la nariz, y se dejó mecer por los últimos acordes del piano de Sam.

—Siento haber invocado sus malos recuerdos.

—No lo sienta, hay canciones que lo hacen a uno revivir su pasado y otras que lo llevan como por un túnel hacia su futuro. —Rick empezó a construir una sonrisa desde sus ojos humedecidos.

—Dicen que el secreto de la música es que no pasa por el cerebro, que se comunica directamente con nuestra alma.

—Quizás sea cierto, por eso no puedes evitar que algunas canciones te duelan. —Rick apuró de un trago la copa de champán.

—Como As time goes by *—dije.*

Rick miró a Sam con una mueca que destilaba más resignación que tristeza. El pianista rebotó su mirada hacia mis ojos, encogió los hombros y se arrancó con la canción maldita: «You must remember this, a kiss is just a kiss, a sigh is just a sigh, the fundamental things apply...». En la mesa de enfrente, Ilsa hundió los ojos en su copa mientras Victor, su marido, le susurraba algo al oído. En un impulso puse mi mano sobre la mejilla de Rick.

—Ella siempre se irá con Laszlo, lo sabes, ¿verdad?

—Ya no me importa —dijo tomando mi mano y besándola.

«On that you can rely, no matter what the future brings, as time goes by».

Me desperté aplastada por una tremenda tristeza que aún no he logrado sacarme de encima. Lo que daría por poder soñar eternamente, por quedarme allí para siempre, en Casablanca, con Rick.

DIECINUEVE

SUSPENDIDO A VARIOS METROS DEL SUELO, CORONADO DE electrodos, asaeteado por infinitas agujas hipodérmicas, Abraham, convertido en una cruz de carne y hueso, dormía el sueño de las drogas que pretendían derribar la muralla de su voluntad.

—¿Alguna novedad? —preguntó Protos, fascinado por las famélicas reverberaciones azules que las máquinas de reanimación proyectaban sobre el cuerpo desnudo de Abraham.

—Las imágenes capturadas son bastante nítidas pero apenas hemos extraído un par de recuerdos puros, el resto está contaminado de basura onírica.

«Basura onírica», Protos miró con severidad al joven diseñador del programa Morfeo con el que pretendían drenar el cerebro de Abraham. Lo que daría él por poder producir sus propios sueños y no tener que conformarse con el tedioso catálogo que le enviaban semestralmente. Cada vez estaba más convencido de la estupidez humana. En lugar de perfeccionarse como habían hecho el resto de las especies a lo largo de la evolución, el hombre había sufrido una suerte de retroevolución, en la que había ido perdiendo el instinto rey en todos los seres vivos: el instinto de supervivencia. Protos se preguntaba cómo era posible que aquellos seres que tenían la inteligencia suficiente para crear vidas artificiales como la suya fueran a la vez tan imbéciles como para conducir el planeta hasta aquella irreversible degradación. Cómo se explicaba que Da Vinci y el inventor de la bomba biológica fueran de la misma especie. Si el resto de los seres vivos —hasta que el hombre los aniquiló— tenían como lema perpetuarse, el hombre parecía sufrir una especie de maldición de su Dios que lo empujaba a autoextinguirse. Solo así se explicaban la continua invención de armas cada vez más mortíferas, las hambrunas controladas, las leyes demográficas... Alguna fuerza oscura que se escapaba a la lógica de los billones de neuronas artificiales que bullían en el cerebro del símil empujaba al hombre a la destrucción.

—«Basura onírica». Si conoces los sueños de tu adversario tendrás el camino franco a su corazón —Protos hablaba sin poder apartar la vista de su Cristo.

Aturdido, amedrentado por la fama legendaria de Protos, el ingeniero no encontró voz con la que responder.

—Tenía entendido que su programa podía rastrear cualquier recuerdo por lejano y escondido que estuviese y verterlo en imágenes.

—Ya le dije que estaba en fase de pruebas. No es fácil extraer información de un cerebro por la fuerza.

—Ta, ta, ¡¿no me diga?! Aquí no hacemos otra cosa. —La risa fingida de Protos atravesó la cristalera e hizo vibrar las costillas de Abraham—. Usted es el ingeniero, depure los sueños o acuda al fantasma de Freud e interprételos, pero más le vale que nos ofrezca algo o haré que experimente en primera persona cómo violamos aquí las memorias de nuestros invitados.

El director de la PAT había sido muy claro en sus amenazas: si no obtenía resultados inmediatos sería relevado de su puesto y enviado en el primer convoy lunar para «motivar» a los mineros. Protos no estaba acostumbrado a que alguien menor que él en edad e inteligencia le hablara como si fuera un vulgar esclavo y había tenido que reprimir el impulso de descuartizar con sus propias manos a aquel humano chillón y gesticulante. La utilización del programa Morfeo era un riesgo porque, además de lo improbable de arrancar algo realmente útil del subconsciente del prisionero, existía una elevada probabilidad de provocarle un derrame o la muerte. Protos sabía que si Abraham moría llevándose su secreto a la tumba, su suerte estaba echada. Borrarían su memoria y lo desmontarían como a un vulgar robot, pero estaba dispuesto a correr el riesgo.

De todos los archivos que el ingeniero del programa Morfeo le envió de madrugada uno despertó especialmente su curiosidad: Abraham corría por un largo pasillo blanco con una llave enorme sobre la espalda. Cada cierto tiempo se paraba, miraba hacia atrás asustado y seguía con su huida. Después de mucho correr se detenía ante una de las puertas que había a los lados del corredor y la abría con la llave. El interior de la habitación era una selva verdísima, llena de plantas, árboles, flores y pájaros multicolores. Abraham se adentraba entre la maleza siguiendo el murmullo de un riachuelo. Sobre la hierba, al borde de un plácido estanque, una mujer desnuda amamantaba a un bebé. Abraham los miraba feliz, luego recogía un puñado de flores y se las ofrecía sonriendo.

El joven ingeniero lo había incluido en una carpeta titulada «Sexo». Protos no estaba de acuerdo con esa interpretación, él conocía bien a aquella mujer, había estado a punto de ser vecina de celda de Abraham, pero en el último momento la Corporación cambió de planes. Se acordó de que su detención podría estimular algunas conciencias, así que se le preparó un desgraciado accidente. Teniendo en cuenta la relación que habían tenido antes de que Abraham la traicionara, a Protos no le extrañaba que fantaseara con Rachel Ghan, pero la presencia del niño era del todo extraordinaria. Si aquella era una fantasía sexual como sostenía el ingeniero, la presencia del niño, a menos que Abraham fuera un perturbado, no tenía razón de ser. Protos lo conocía bien y sabía que no era un maníaco al que le excitaran ese tipo de imágenes. La figura del niño simbolizaba algo importante. Protos cerró el zoom sobre el rostro mofletudo del bebé. «¿Quién es este niño tan rico, ta, ta?».

VEINTE

UNA CLARIDAD LUNAR TERCA Y LECHOSA SE COLABA POR LA desvencijada persiana del cubículo. Cada poco tiempo se escuchaba el rugir de un bilópedo de la PAT, y un haz de luz oscilante que probablemente lo buscaba a él iluminaba la sordidez del cuarto que había conseguido arrendar por una fortuna. Hadam intentó cerrar los ojos y dormir, pero la dichosa fórmula discurría adelante y atrás sobre sus párpados como un metrónomo enloquecido. Resignado al insomnio, se preguntó si habría alguien en el planeta o sus colonias que en ese mismo instante sufriera la misma tortura que él, alguien igual de atormentado por aquel maldito e incontrolable tránsito de letras y números. Estaba casi convencido de que Abraham había utilizado el mismo sistema para ocultar las dos mitades de la fórmula. Si encontraba al dueño de ese cerebro antes de que la Corporación los encontrara a ellos y unían sus mitades, tendrían entre las manos una fortuna, una gran fortuna a juzgar por la recompensa que habían ofrecido por su cuello. Aunque lo más probable —pensaba descorazonado— es que si sabían que yo tenía la mitad de la fórmula también supieran quién tenía el resto y ya lo hayan detenido, a menos —Hadam fabricaba una esperanza a la que agarrarse— que no quiera destapar todavía el asunto, que esté esperando a que su mitad salga a la superficie como ha sucedido en mi caso. Hadam llegó a la conclusión de que para tener alguna posibilidad de localizar a esa persona debía averiguar primero qué criterio, si es que existía alguno, había utilizado Abraham para escoger sus escondites. Él confiaba en que hubiera una especie de lógica, alguna simetría entre los escogidos. No quería ni pensar que hubiera sido algo fruto del azar o del apresuramiento, porque eso significaría que jamás encontraría al otro y que su mitad de la fórmula era la mitad de nada, y lo que era peor: que lo iban a matar por la mitad de nada.

Para no tener que rendirse al insomnio, Hadam renunció al sueño y abrió de un empujón la cabina de sueño a la que algún inquilino descontento había arrancado los sensores de temperatura y agujereado el metacrilato de la cristalera. Antes de sentarse con su pantalla personal en el único rincón no descascarillado del cuarto, contempló a través de los rotos de la persiana los bultos palpitantes que anidaban bajo los bancos de un parque de piedras y acabó de entender por qué la Liquion había renunciado a vender cabinas de sueño y tratamientos de belleza en aquella parte de la ciudad. Barrios como aquel eran cada vez más numerosos y se estaban convirtiendo en un problema para la salud corporativa. Las mutaciones debidas a la radiación y a la ingestión de agua o alimentos contaminados estaban creando una masa creciente de desiguales, una sociedad amorfa, paralela a la oficial, que era cada vez más difícil de silenciar y que si terminaba de organizarse iba a causar serios problemas al sistema. El caso de los anacoretas, el más eficaz y sanguinario grupo rebelde, era solo la punta de un enorme iceberg que se hacía fuerte en las cloacas y los submundos de la bien oliente Corporación.

El rostro de Abraham vibrando en la pantalla lo terminó de despabilar, había algo en su expresión precavida, en su media sonrisa defensiva, en su mandíbula angular y sobresaliente que lo diferenciaba del resto de científicos de batas rojinegras. De hecho, no había necesitado leer el pie de la foto donde figuraban los nombres para reconocerlo entre el resto de los miembros de su equipo. Poseía una especie de aura invisible que lo subrayaba, que lo denunciaba como tipo extraordinario. Hadam golpeaba su inteligencia contra la pantalla como lo haría una mosca contra un cristal, pero por más que repasaba las publicaciones de Abraham y leyera los resultados de sus investigaciones era incapaz de comprender en profundidad qué era lo que en realidad buscaba o lo que finalmente había encontrado. Era evidente que, desde su primer día en el laboratorio corporativo, lo habían sometido a una férrea vigilancia. No se fiaban de él y habían colocado a uno de sus científicos de confianza en su equipo de investigación. La naturaleza de los informes, en los que se describían hasta la más pequeña minucia que acontecía en el laboratorio, delataba este cercano espionaje. También parecía evidente que Abraham sabía que lo vigilaban y tal vez hasta conociera quién era el topo que había introducido la Corporación, pues había conseguido ocultarle su gran descubrimiento, fuese cual fuese. Hadam repasó el rostro de los colaboradores queriendo encontrar unos ojos esquivos, culpables, una mueca que señalara al Judas de aquella última cena. Antes de llamar a Xeneka y proponerle otro trabajito que no podría pagar, probó suerte tecleando los nombres de los colaboradores en el buscador. Hadam se extrañó de que, tal y como había hecho con Abraham, no hubieran clasificado la información sobre ellos. Quizás tuviera algo que ver el hecho de que casi todos habían fallecido repentinamente. La Corporación se había vuelto tan prepotente que no se tomaba demasiadas molestias en ocultar sus crímenes. El único del que no figuraba fecha de extinción, un tal Pandiani, había sido detenido junto con Abraham, acusado también de alta traición. Según una de las dos únicas entradas de prensa que había sobre el suceso, poco tiempo después, Pandiani fue ingresado en un sanatorio mental completamente trastornado. Sin duda —pensó Hadam—, a los torturadores de la PAT se les había ido la mano y habían desbaratado la cordura del pobre Pandiani. Lo extraño era que lo hubieran dejado con vida. Tal vez confiaban en que, una vez recuperado, les fuera de utilidad. Y si era de utilidad para ellos —continuó pensando Hadam— también lo era para él. Confiaba en que, aun trastornado, Pandiani pudiera darle alguna pista sobre lo que Abraham había escondido en su cabeza o sobre quién podía ser su guardián gemelo. Lo dificultoso sería llegar hasta él sin levantar sospechas ni caer en una trampa.

VEINTIUNO

1 DE AGOSTO

Hoy he ayudado a un anticorporación. Quizás haya sido una estupidez pero no me arrepiento. Era un muchacho, poco mayor que un niño, que entró en el museo huyendo de la PAT, me pidió ayuda y no pude decirle que no. Lo escondí durante un par de horas en un cuarto de servicio, las dos horas más largas de mi vida. Al irse me preguntó si me interesaría ingresar en el Grupo y le dije que sí. Creo que es lo que necesito para sacarme de encima esta sensación de inutilidad, de vida vana. Tal vez aún esté a tiempo de seguir los pasos de Rachel Ghan o al menos de homenajear humildemente su memoria. Sé que no soy una mujer de acción, como lo era ella, ni tengo la valentía ni el arrojo suficientes para luchar contra la Corporación, pero debo intentarlo. A mi edad ella ya había salvado selvas, mares, especies amenazadas, había plantado cara al sistema elevando su voz en la Asamblea de Naciones y había encontrado tiempo y valor para concebir una vida y ser coherente así con la naturaleza a la que tanto amaba. Tal vez su vida fuera más corta de lo que vaya a ser la mía, pero la intensidad con la que hizo arder su tiempo todavía es vi-

sible hoy. Debo dejarme guiar por ese fuego mientras siga vivo o mientras mis ojos sean capaces de advertirlo. Últimamente siento que mi vida se está convirtiendo en una trampa amable en la que caigo todas las mañanas. Tengo la impresión de que, si sigo así, cuando me muera mi existencia habrá sido como un río del que nadie habrá bebido, ni en el que nadie se habrá bañado; un río que no habrá servido para regar ningún campo, un río sin peces, un río que no habrá movido ningún molino, un río yermo, muerto, en el que solo flotan las penas. Cuando veo el vapor de la lluvia extendiéndose como un manto ácido por el asfalto, se me viene a la cabeza la imagen de mi cuerpo arropado por el veneno del cielo, disolviéndose, convertido en un espasmo caliente sobre la desolación que hemos creado. Sí, fantaseo con mi suicidio, hay días en que la muerte se me aparece en todas partes como un deseo insatisfecho. Mis argumentos para desear la muerte son más desdichados de los que tuvieron Werther o Romeo, ellos al menos conocieron el amor, aunque este acabara matándolos. Yo ni siquiera tengo el consuelo de un desamor, ¿¡qué mayor desdicha hay que esa!? Soy una semilla que ha caído sobre una piedra, tengo la potencia de la vida dentro de mí pero a mi alrededor todo es estéril. Estoy condenada a vivir atormentada por esa potencia insatisfecha de semilla infecunda y a morir sin el consuelo de que alguien o algo me rompa el corazón y me dé un motivo hermoso para desear mi fin. Eso puede ser el Grupo: una hermosa causa por la que morir.

—Alto. —Neus se sobresaltó con el sonido de su voz, impropia de una moribunda.

De pie, desperezándose de la rigidez de la espera, se preguntó por qué le habían dado caramelos en lugar de píldoras venenosas. Resuelta a resolver esa y otras dudas, abrió un cajón, cogió su arma y se la puso en la sien. Al apretar el gatillo, un sonido hueco, podrido, rebotó con fragilidad entre las paredes de su apartamento. Seguía viva, a su pesar.

VEINTIDÓS

EL COMITÉ DISCIPLINARIO DE LA PAT ESTABA FORMADO POR EL director general, una delegada de la Corporación y dos ingenieros, uno experto en biónica y el otro en inteligencia artificial. Los cuatro experimentaron una inquietud, pariente cercana del miedo, cuando Protos entró enarbolando en su rostro de buldog centenario una media sonrisa de suficiencia. Su bien ganada reputación de imprevisible hacía que nadie, incluidos los diseñadores de sus programas de empatía, supieran a qué atenerse. Hacía mucho tiempo que por los pasillos de la sede de la PAT corría el rumor de que Protos había sufrido una mutación terrible: se había humanizado.

El símil se plantó en mitad de la sala, saludó marcialmente a su superior y adoptó una falsa posición de descanso mientras la delegada enumeraba las acusaciones que lo habían llevado allí. La única frase que Protos pronunció en su turno de defensa acabó de inquietar a los presentes.

—El cuerpo humano es de una fragilidad patética, no se le puede infligir dolor durante demasiado tiempo.

El director general susurró algo al oído de la delegada y tomó la palabra.

—Protos, has demostrado tu valía en todos estos años de servicio, pero lo sucedido con Abraham es un gravísimo error que puede acarrear a la Corporación unas consecuencias devastadoras. Siempre he defendido tus métodos y satisfecho tus peticiones por extrañas o costosas que fueran porque confiaba en ti. Ahora esa confianza ha desaparecido. Nos has ocultado una información vital para la pervivencia del sistema. Has cometido alta traición y por lo tanto vamos a ordenar tu reprogramación inmediata.

Protos bajó la cabeza más furioso que apesadumbrado. Cerró los ojos y creó la ficción de que alguien entraba en su cerebro y robaba su colección de arte, las fotografías tomadas en todos aquellos años, los archivos de música que había ido recopilando con celo de entomólogo y las mañas de pintor que tanto esfuerzo y horas le habían costado adquirir. Pretendían borrar su memoria, sus recuerdos, su existencia; lo habían perfeccionado para que pudiera apreciar la belleza de un cuarteto de cuerda de Bach o la luz viva que serpenteaba en los cuadros de Vermeer, y ahora querían aniquilarlo, borrarlo. Todavía no era el momento, Protos había señalado el día en que pondría fin a su inmortalidad y ese día estaba todavía muy lejano, le quedaba mucho por experimentar: quería probar con la composición musical, una ópera a la que no dejaba de darle vueltas, tenía su autobiografía a medio empezar y cientos de fotografías que plasmar en el lienzo. No podían extinguirlo ahora, no lo iba a permitir.

Cuando sintió sobre el hombro una mano que tímidamente lo conminaba a salir, supo que solo había un camino. De un golpe certero partió el cuello del guardia y antes de que cayera al suelo le arrebató el arma de la cartuchera y eliminó a su compañero. A la delegada de la Corporación y al director general de la PAT no les dio tiempo ni a levantarse de sus sillones, cayeron hacia atrás casi al unísono, fulminados por el furor de su ex mejor policía.

—Marchaos, tal vez algún día necesite de vosotros —dijo a los ingenieros.

Antes de que sonaran las alarmas, Protos ya había escalado hasta la azotea y robado un vehículo de asistencia. Mientras huía, el símil admiraba con tristeza la última fotografía que había añadido a su archivo y se relamía pensando que algún día sería capaz de inmortalizarla en un lienzo: la barbilla caída sobre el hombro derecho, los labios algo descolgados, punteados de un azul eléctrico, las mandíbulas huesudas entreabiertas, los párpados casi doblegados, siguiendo el rastro terrestre de los ojos que miran un lejano punto del pasado, un instante feliz que hace que en su mirada arda la victoria sobre el dolor y la muerte. «Abraham, viejo tozudo».

Protos cruzó la ciudad oculto por la sombra electrónica de un convoy de residuos. La lógica lo empujaba a buscar algún agujero donde ocultarse durante unos años hasta que lo olvidaran, pero sentía que aún tenía una deuda que saldar.

LOS DURMIENTES

UNO

EL SANATORIO MENTAL FREEMINDS NO DISTABA MUCHO DE SER UNA cárcel con los guardias uniformados con batas y jeringuillas en lugar de porras ultrasónicas. La Corporación creía tanto en la rehabilitación de los enfermos mentales como en la de los delincuentes. En los tiempos en los que aún había gente que se atrevía a replicar la política corporativa, las asociaciones de familiares de enfermos habían denunciado que cuando la Co. tenía un problema de masificación en sus manicomios lo solucionaba soltando a los internos y siguiéndolos hasta que su demencia les hiciera cometer algún delito. Luego los deportaba a las minas lunares de donde jamás volvían.

Con la cabeza recién afeitada, unas enormes gafas solares negras y el cuello del abrigo levantado, Hadam confiaba en que nadie lo asociara con el rostro que acaparaba las pantallas murales cada quince minutos. Apostado en la calle de enfrente, había vigilado la entrada del sanatorio buscando los resortes de una posible trampa hasta que decidió, sin ningún convencimiento, que el camino estaba franco. En el mostrador de recepción mostró su placa todo lo rápido que pudo para que el somnoliento funcionario creyera que era un fiero agente de la PAT en lugar de un miserable detective de seres vivos.

—Por favor, no lo ponga nervioso, háblele despacio y en voz baja. Tiene diez minutos.

Pandiani estaba sentado en el suelo, a oscuras. Cuando los ojos de Hadam se acostumbraron a la penumbra descubrieron a un tipo bajito, regordete y calvo que olisqueaba el aire como un ratoncillo silvestre.

—Eh, peludo, ¿traes algo de comer? —Pandiani hablaba escupiendo susurros.

Hadam sacó de su abrigo una tableta de sucedáneo de chocolate, la última que le quedaba.

—¿Te mandan ellos? Eh, ¿vienes de parte de ellos? Ya les dije que no sabía nada, se lo guardaba todo para él, era una rata, una rata, no confiaba en nadie... y lo consiguió, el muy cabronazo lo consiguió, cogió la puta bacteria y se la trajinó como un maestro.

—¿Qué fue lo que consiguió? —Hadam habló lo más bajo que pudo tal y como le había recomendado el celador.

—Un milagro, peludo, un milagro. —Pandiani sujetaba la tableta con las dos manos a la altura de la barbilla y le daba pequeños mordiscos.

—¿Qué milagro, la fotosíntesis? —Hadam pretendía que Pandiani creyera que sabía más de lo que en realidad sabía.

—Fotosíntesis... Jamás te acercarías a soñarlo, peludo. —Al escuchar la palabra «fotosíntesis», Pandiani parecía haber recuperado algunos puestos en la escala zoológica.

—Ayúdame, creo que Abraham ocultó ese milagro aquí dentro. —Hadam se sacó las gafas y se golpeó la cabeza intentando parecer tan cuerdo como el otro—. Me duele, entiendes, tengo que sacarlo, oye, ayúdame, te traeré comida, chocolate, vale, hombre sabio, dime, ¿cuál es el descubrimiento?

Pandiani se levantó lentamente y se sentó sobre la cama con solemnidad. Hadam se sorprendió al ver el cambio repentino de sus facciones. Pandiani había mudado los gestos roedores por una expresión de aristocrática sabiduría.

—Acércate —el interno miró de reojo la ventanilla de la puerta—, te voy a decir lo que Abraham escribía una y otra vez en la pizarra del laboratorio para burlarse de ellos.

Temeroso de que el ratoncillo que Pandiani llevaba dentro le tirara un bocado, Hadam se acercó hasta que sintió en su oreja el aliento de sucedáneo de chocolate y escuchó.

—Se ha terminado el tiempo. —El celador irrumpió en el cuarto cuando Hadam, golpeado por la revelación de Pandiani estaba a punto de dejarse caer en el suelo.

—¿¡Eh!?, eres tú —Pandiani, al ver cómo Hadam palidecía, sujetó su rostro entre las manos y buscó el fondo de sus ojos—, tú eres guardián, ji, ji, ji, ji, pobre peludito, te van a liquidar. —Su voz volvía a sonar chillona y extraviada.

Confuso, Hadam fue incapaz de mantener la farsa ante la insistencia del celador por volver a ver su placa y echó a correr por los pasillos del sanatorio como un imbécil. Finalmente logró zafarse de los guardias de seguridad saltando por una ventana del primer piso y se perdió por una boca de metro antes de que llegara la policía. Sentado junto a una ventana donde se sucedían estaciones cada vez más oscuras y desoladas, Hadam sacó de su cartera el único recuerdo tangible de su madre del que no se había deshecho. Era un formulario en blanco de la maternidad donde él había venido al mundo en el que alguien había escrito un poema, el mismo que Pandiani le había recitado al oído.

Vendrán
como esa primera piel que cubre las heridas.
Puros, traslúcidos,
los guardianes de la luz
dirán a viva voz su nombre
y expandirán la simiente del nuevo mundo.

—Tiene tus mismos ojos.

—Pero si está dormido.

—Sí, pero tienen tanta fuerza que atraviesan los párpados cerrados. —Abraham acarició con su pulgar la orejita del recién nacido.

—Abraham, te han vuelto un charlatán.

Rachel, con los restos del esfuerzo todavía flotando en su mirada, contempló con una secreta tristeza cómo Abraham acunaba a su hijo.

—No me siento con fuerzas para preguntarte quién es el padre. —El semblante de Abraham se ensombreció.

—Ni yo las tengo para decírtelo.

—Y pensar que... —la voz de Abraham se quebró antes de completar la frase. No tenía mucho tiempo, sabía que la paciencia de la Corporación se había agotado y que la PAT le pisaba los talones, probablemente aquella era la última vez que veía a Rachel.

—Espero que algún día me perdones —dijo tras un largo silencio en el que siguió acariciando la oreja del niño como si fuera una lámpara mágica.

—Yo solo espero que, sea lo que sea lo que has descubierto, no caiga en sus manos. ¡Si supieras lo que he rezado para que Dios te emborronara el cerebro, para que te volvieras un estúpido incapaz de atarte los zapatos!

Abraham aprovechó que una enfermera se había llevado al niño para sentarse en la cama y acariciar el rostro cansado de Rachel.

—Estás todavía más hermosa que cuando te encaramabas a las secuoyas.

—Tú en cambio te has vuelto un señor con tripita. Apuesto a que ya no corres —Rachel tomó su mano y la besó con nostalgia.

—Debo irme, es peligroso que me vean con vosotros. —Abraham tomó uno de los papeles que había sobre la mesilla y escribió unas líneas con una letra que denunciaba la emoción del adiós—. Como sé que no te gustan las flores artificiales, te he escrito unos versitos. No son gran cosa, pero ya sabes: «La poesía es un arma cargada de futuro».

Rachel cogió el papel sin leerlo y miró a Abraham intuyendo que aquella era la última vez.

—Abraham, ¿qué pasa?, ¿por qué es peligroso?

—Es mejor que no sepas nada. No comentes con nadie que una vez estuvimos juntos, deshazte de todo lo que te relacione conmigo, fotografías, grabaciones, todo, bórrame de tu memoria, olvídame, Rachel.

—Pero... —Abraham silenció los labios de Rachel con los suyos en un último beso.

—Tal vez tu hijo entienda algún día lo que yo ahora no te puedo explicar. Adiós, mi hermosa y feroz Rachel, cuidaos mucho.

NEUS PASEABA SU FRUSTRACIÓN REMOVIENDO A SU PASO LOS retales de radiación que la pantalla había dejado flotando en la estancia. Lejos de calmar sus nervios, la certeza de que había un traidor dentro del Grupo la llenó de resentimiento, de ira y de desesperanza. Ahora ni siquiera el pensamiento del suicidio la aliviaba, por encima de su extinción deseaba la extinción del traidor. Aunque hubieran querido defenderse de la redada de la PAT —pensaba—, sus armas lo único que harían sería ruido: el traidor las había saboteado y les había cambiado el veneno por caramelos para que nadie se fuera de este mundo sin ser antes debidamente torturado. Neus volvía de las puertas de la muerte con la tristeza tornada en rabia. Abatida, se volvió a sentar en el suelo, abrazó sus rodillas y mientras se mecía pensó que su vida se había convertido en una pura contrariedad. La inútil pistola junto al falso veneno no eran más que el penúltimo episodio de sus desilusiones. «Todavía me queda el vértigo», pensó mirando hacia el ventanal.

Al escuchar el pitido del intercomunicador, la lagartija levantó un instante la cabeza y tanteó el peligro con su lengua bífida. Inmóvil sobre las baldosas escuchó con recelo el mensaje que su captor dejaba en el buzón de voz.

—Xeneka, soy Hadam, necesito otro trabajito. ¿Estás ahí? Creí que nunca salías... Verás, necesito que me busques el listado de los nacidos el 24 de septiembre del 71 en la maternidad de Nuestra Señora de la Esperanza, es urgente. Estaré por ahí a última hora si no me echan el guante antes. Por favor, consígueme la información, te pagaré bien. Por cierto, ¿qué tal tu nueva amiga?

Una vez se rehízo el silencio, la golosa lagartija continuó lamiendo la superficie gelatinosa que la sangre de su amo había formado sobre las baldosas blancas.

Finalmente su madre conocía a aquel servidor del «mal», por eso lo había elegido a él. Ella nunca lo había mencionado, ni Hadam encontró entre sus efectos personales nada que los relacionara, pero estaba claro que entre ellos existía al menos una buena amistad, «uno no le va regalando poemas a una extraña». Hadam estaba convencido de que Abraham había planeado cuidadosamente la manera de ocultar la fórmula de las garras de la omnisciente Corporación desde su primer día en el nuevo laboratorio. El método que había utilizado era intrincado pero no novedoso. Lo que décadas atrás los servicios de inteligencia hacían a través de hipnosis, se hacía ahora utilizando nanotecnología biológica. Bastaba un leve pinchazo para que una imagen o un archivo colonizara un milímetro cuadrado de cerebro sin que el receptor sufriera el más mínimo efecto secundario, aunque en su caso el sistema no fue tan inocuo y el baile de números y letras sobre sus párpados había acabado por complicarle la existencia. Abraham —elucubraba Hadam— debía de presentir que su detención era inminente, y mi nacimiento le dio la clave para escoger sus escondrijos, ¿qué mejor lugar que el cerebro inmaculado de un recién nacido, o de dos? El tipo era un desconfiado de primera, Pandiani lo había dicho, e, igual que los mapas de tesoros de las novelas que su madre le leía antes de acostarse, decidió dividir la fórmula. Lo más lógico era pensar que había utilizado un escondrijo similar: el cerebro de otro recién nacido. «Encontraré al poseedor de la otra mitad del mapa y venderemos la información al mejor postor. Los días de cazarratas han terminado».

La puerta del cuchitril de Xeneka estaba abierta, eso, sumado a que no contestara a su llamada, tensó los nervios de Hadam, que bajó las escaleras conteniendo la respiración y aguzando el oído. En el segundo de los cinco tramos de escaleras el sudor empapó la empuñadura del arma que sostenía a duras penas. Los doscientos kilos de Xeneka yacían extendidos sobre las baldosas, a la altura del corazón una nube negra de sangre rodeaba el mango semihundido de un cuchillo. Hadam pasó por encima del cuerpo que bloqueaba la entrada al despacho y se sentó frente a la pantalla con la esperanza de que a Xeneka le hubiera dado tiempo a cumplir su encargo. Cuando estaba consultando los últimos trabajos, escuchó el inconfundible sorbeteo del purificador de pulmones. Hadam se quedó paralizado, dudando entre enfilar las escaleras y huir, o enfrentarse con el asesino de su amigo y, probablemente, del psicólogo y del químico. Con el corazón latiéndole en los oídos, activó su arma, tomó aire, empujó la puerta de una patada y disparó cuatro veces antes de abrir los ojos. Las paredes acristaladas del purificador se tiñeron con los fluidos del asesino de Xeneka. Antes de registrarlo a conciencia, ya con los ojos abiertos, volvió a dispararle otras cuatro descargas. El PAT llevaba una pantalla personal, milagrosamente indemne, con mucha más información de la que el difunto Xeneka podría haberle facilitado. Junto a su ficha personal donde parecía figurar hasta el más mínimo detalle de su vida, había otra, la de una mujer, una tal Neus Newman. «Ya tenemos ganadora». A Hadam no le dio tiempo ni a imprimir ni a transferir la ficha de la mujer, y llevarse la pantalla del policía era impensable pues todas tenían un localizador satélite. El lejano zumbido de una patrulla acercándose a toda velocidad hizo que saliera por piernas del cuchitril de Xeneka repitiendo en voz alta la dirección de la mujer.

TRES

HADAM IMAGINABA QUE LA CORPORACIÓN TENDRÍA VIGILADO EL apartamento de Neus así que prefirió subir los treinta pisos por las escaleras. No se equivocaba, junto a los ascensores principales un par de símiles hacían guardia fingiendo encerar el suelo de modo poco convincente, y en su planta, oculto tras un carro de la lavandería, otro más controlaba la puerta de su cubículo. Eso era, al mismo tiempo —pensó Hadam—, buena y mala señal; quería decir que aún no la habían detenido y que la utilizaban como cebo para atraparlo a él. Sentado en el rellano, con su arma todavía caliente en la mano, trató de reunir el aliento perdido en la subida y el valor necesario para enfrentarse con el PAT. Tras un par de minutos, llegó a la conclusión de que aquel día ya había tenido bastante suerte e ideó una forma menos peligrosa de contactar con la otra mitad del mapa de su tesoro.

Asomada al ventanal abierto, empujada hacia dentro por un viento contrariado, Neus resumió su vida en unas cuantas imágenes con la esperanza de que la pudieran acompañar a dondequiera que fuera. Justo en el momento en que su cerebro ordenó a sus extremidades que se encaramaran al quicio, el rostro en penumbras de Hadam se apareció en su intercom.

—¿Qué desea?

—¿Neus Newman?

—Sí, ¿quién es usted?

—Soy de mantenimiento, estamos reparando los fotosensores de las ventanas, si va a estar usted en casa me gustaría echarles un vistazo.

—Lo siento, tendrá que ser otro día, estoy muy ocupada.

—Le advierto que hay un serio riesgo de incendio, serán solo un par de minutos.

—¡Le repito que hoy no puede ser!

—Tendré que avisar al administrador, si pasa algo yo no voy a cargar con la responsabilidad de...

—¡Está bien, está bien, puede venir! —Neus cortó pensando que aquello era el colmo de la mala suerte: las píldoras caramelo, el arma trucada y ahora el de mantenimiento.

Hadam confiaba en que los símiles tuvieran pinchada la línea de Neus y como estaban prevenidos de la visita de un técnico de mantenimiento lo dejarían pasar sin fijarse demasiado en él.

Enfundado en un mono robado en el cuarto de servicio y con una visera encasquetada hasta las cejas, Hadam llamó a la puerta temiendo sentir en cualquier momento el calor de un rayo paralizante atravesándole la espina dorsal.

—Pase. Le ruego que se dé prisa, me pilla usted en un mal día.

—Si yo le contara el mío... —Hadam fue hasta la ventana abierta y fingió estudiar el funcionamiento de las células fotosensoras al tiempo que buscaba la forma de llamar la atención de Neus sin que las indudables cámaras que vigilaban el apartamento lo delatasen.

Cuando el hombre de mantenimiento se puso extrañamente de cuclillas para escribir algo en su pantalla, Neus se fijó en que tenía los zapatos y los bajos de los pantalones que llevaba bajo el mono manchados de sangre. Con disimulo se colocó cerca del arma de fogueo que antes de abrirle había ocultado bajo un libro.

—¿Sería tan amable de firmar aquí? —Hadam ofreció su pantalla a Neus.

—¿Firmar, el qué?

—Puro papeleo, la conformidad de que está de acuerdo con las reparaciones.

Neus leyó el texto que Hadam había escrito en la pantalla. «Nos vigilan, tengo que hablar con usted de un asunto vital, coja la línea ocho del metro y viaje junto a la puerta, yo contactaré con usted».

Neus firmó con los ojos algo espantados.

—Muchas gracias, la llamaremos para concertar el día.

—A usted.

Convencida de que aquel hombre era de algún grupo, Neus decidió aplazar sus planes de suicidio y contar todo lo que sabía acerca de la misión fallida y la más que probable existencia de un traidor. Si ellos sabían que la Corporación la vigilaba, sin duda debían saber también por qué la habían dejado escapar. Un haz de luz se encendió en la negrura de su porvenir. Quizás —pensó— no está todo perdido. En pocos minutos el deseo de conocer la verdad y el deseo de devolver el golpe se hizo más fuerte que el deseo de desaparecer. Antes de cerrar la ventana, Neus miró hacia abajo y se preguntó si hubiera sido capaz de saltar; si, en caso de haberlo hecho, no habría sido un error gravísimo, y si no le debía el resto de su vida a aquel hombre de ojos escurridizos y zapatos manchados de sangre.

A esas horas el metro era un hervidero. Emparedada entre dos enormes y barbudos símiles del servicio doméstico y una docena de participantes en un concurso de dobles de Darth Vader, la delicada Neus buscaba con mil ojos al tipo del Grupo y a los policías de la Co. que supuestamente la seguían. Cuando ya había perdido la paciencia para seguir mirando, un segundo antes de que las puertas se cerraran, una mano la arrancó del vagón.

—¡Corra!

Neus echó a correr tras un abrigo negro mientras escuchaba los golpes en las puertas cerradas del vagón de dos símiles disfrazados de fuerzas oscuras.

—¡Espera! —Neus se detuvo en mitad de la carrera, dispuesta a no moverse hasta que le dieran una explicación.

—No se pare.

—¿Quién demonios eres? ¿Te manda el Grupo?

—¿Qué Grupo? Confía en mí, tengo un vehículo arriba, cuando estemos a salvo te lo contaré todo. —Hadam le tendió la mano.

—Será mejor que me hagas un resumen o no me moveré de aquí.

Hadam retrocedió dispuesto a cargarla a la espalda si no la convencía enseguida.

—¿No has tenido siempre la sensación de que en realidad tu vida no te pertenecía?

—¿Cómo? —Neus lo miró escorando ligeramente la cabeza.

—¿No te has sentido muchas veces —continuó cada vez más cerca de ella— un ser privilegiado y sin embargo incompleto, como si toda tu vida hubieras estado esperando a que sucediera algo que la completara? —Hadam se detuvo frente a sus ojos, verdes, grandes y cada vez más desconcertados—. Pues ha llegado el momento, es hora de despertar.

Neus tomó la mano que Hadam le tendía y corrió tras él por los túneles de servicio del metro sintiendo que la arrastraba fuera de un largo y pesado sueño.

CUATRO

HADAM Y NEUS SE MIRARON CON DETENIMIENTO POR PRIMERA vez después de recorrer media ciudad en un agónico bilópedo que más que romper la barrera del sonido la construía. Estaban en el barrio de Luxor, en el mismo cuarto que Hadam había ocupado el día anterior, previo pago de otra pequeña fortuna. Neus se paseaba nerviosa por el mugriento cubículo tratando de organizar sus pensamientos jerárquicamente. Hadam la miraba sin demasiado disimulo a través de los sobados cristales del purificador de pulmones: «Tiene cuerpo de niña y mirada de vieja», resumió tras estudiar sus abiertas y macilentas curvas y sus grandes ojos esmeralda.

—¿Quieres comer algo? —El oxígeno puro y la cercanía física de la otra mitad de la fórmula infundieron en Hadam algo parecido a la alegría.

Neus rechazó con un gesto la tableta de caldo de pollo que le ofrecía, entró en el servicio, se lavó la cara con una toalla higiénica y se recogió el pelo en una coleta que dejaba a la vista unas orejas pequeñas y un cuello blanquísimo y apocado. Luego se limpió los pulmones cerrando los ojos para aguantarse dentro el asco que le inspiraba aquel destartalado purificador.

Hadam no había tenido tiempo de decidir qué información iba a darle a Neus. No tenía claro si le convenía compartir con ella todo lo que sabía. La idea de compartir «su» tesoro no le hacía la menor gracia. Sin embargo, sabía que sin ella solo tenía la mitad de nada.

—Bien, escucho. —Neus se sentó sobre la tapa de la cabina de sueño.

—Somos una especie de caja fuerte donde un biólogo ocultó una fórmula por la que la Corporación ya ha matado. Nos la grabó pocas horas después de nuestro nacimiento. La mitad aquí —Hadam se llevó el índice a la sien— y la mitad ahí. —Y luego señaló la de Neus.

—¿Cómo? ¿Una fórmula de qué? —Neus no sabía por dónde empezar.

—Algo sobre la fotosíntesis, todavía no lo tengo claro.

—¿Abraham 1416? —dijo al tiempo que sentía un escalofrío.

Hadam se contagió de la sorpresa de su compañera, y por un momento se sintió un perfecto ignorante. Él no solo no había oído hablar de Abraham hasta hacía unos días, sino que hasta que vio el documental en el canal científico, la primera noción que tenía en su diccionario particular para la palabra fotosíntesis era: enfermedad ocular.

—¿Lo conoces?

—Estudiar biología y no conocer a Abraham es como ser sacerdote y no saber quién es Cristo. —Neus se incorporó un poco sobre la cabina—. Los profesores tenían prohibido hablar de él en clase, pero por los pasillos circulaban apuntes clandestinos sobre sus teorías y experimentos.

El rostro de Hadam se iluminó apenas un segundo, el tiempo que transcurrió entre la euforia por tener a alguien delante que pudiera descifrar sus archivos y tal vez hasta la fórmula, y el recelo al caer en la cuenta de que estaba en desventaja con respecto a Neus.

—Entonces sabrás de qué va todo esto.

Hadam decidió darle toda la información que tenía. Estaba ansioso por conocer la magnitud del secreto que escondían para calcular con mayor exactitud el precio que iba a pedir por su rescate. En cuanto a su desventaja con respecto a Neus: «Destila inocencia por los cuatro costados, no creo que me dé problemas», se dijo para tranquilizarse.

—Creí que tú lo sabías. —Neus cogió la pantalla con los archivos sobre Abraham y lo miró pidiéndole cuentas.

—¿Tienes alucinaciones? —le espetó Hadam.

Neus pensó en contarle el sueño de Casablanca, pero sospechaba que no se refería a ese tipo de ensoñaciones.

—¿Perdón?

Hadam miró por la ventana sin mostrarse. La noche había caído embelleciendo el paisaje. Unas viejas luces de neón sumían el miserable barrio en una penumbra cálida, casi hogareña. En el horizonte, el esplendor del centro de la ciudad aparentaba un falso amanecer. Hadam corrió las cortinas, buscó con la mirada la única silla y se sentó en ella.

—Hace unos meses comencé a tener alucinaciones. Veía una serie de números y letras, siempre los mismos. El psicólogo que me trató se los mostró a un químico y ambos murieron apuñalados. Antes de que lo mataran, el químico me dejó un mensaje, decía que la fórmula que veía en la alucinación era algo extraordinario, que su creador solo podía ser un tal Abraham, detenido bajo la acusación de traición, y que yo estaba en peligro. Ayer le hice una visita a uno de los viejos colaboradores de Abraham, el tipo está como una regadera, pero me soltó de corrido un poema que siempre me recitaba mi madre. Según me contó Pandiani, su jefe lo utilizaba para motivar a su tropa de biólogos. Mi madre nunca me lo dijo, pero conocía a Abraham. El mismo día de su detención fue a visitarla a la maternidad de Nuestra Señora de la Esperanza, nosotros acabábamos de nacer. Abraham debía de presentir que su detención era inminente, así que dividió la fórmula y la ocultó. A ti, supongo, te eligió al azar.

—¿Cómo diste conmigo? —Neus se había puesto de pie. Perdida en la penumbra, solo el fulgor de sus ojos la fijaban en la oscuridad.

—Utilicé a un hacker para piratear el ordenador central de la Corporación y bajar los informes sobre Abraham. Cuando volví a por más información lo habían extinguido, el PAT que lo mató tenía tu ficha en su pantalla.

—Tú lo...

—¿Si lo maté? Era su vida o la mía, pequeña, esto va en serio, si no nos andamos con ojo nos arrancarán el cerebro de cuajo.

—¿Qué ponía en mi ficha? —Neus se sentía violada.

—Todo: conocen tus sueños, tus fantasías, tus deseos más íntimos antes de que los tengas. —Hadam intuyó que Neus se había sonrojado—. En algún momento debieron descubrir que éramos los guardianes del secreto de Abraham y todos estos años nos han estado vigilando para que nada nos sucediera hasta que ellos no dieran con la forma de acceder a la información.

—Pero dices que han intentado matarte.

—La alucinación lo ha destapado todo. Ellos ya tienen mi parte de la fórmula y ahora que sé que existe ya solo les supongo una amenaza.

—¿Amenaza, para quién? —Neus trataba de no perder la estela que la voz de Hadam dejaba en la negrura del cuarto.

—Para la Corporación, mejor dicho, para la Liquion. Si la Seaway explota el descubrimiento de Abraham, cualquiera que sea, podría ganar las próximas elecciones. No me extrañaría que la Liquion prefiriera extinguirnos a los dos y con nosotros a la fórmula, antes de que caiga en manos de sus rivales.

Neus activó la pantalla con los archivos del biólogo y su rostro pareció encenderse desde dentro. Tenía los ojos vidriosos y Hadam sintió algo parecido a la compasión. Mientras él la estudiaba en silencio, ella sonreía con amargura al pensar que hacía solo unas horas se había intentado quitar la vida y ahora se escondía de la muerte junto a aquel hombre que no dejaba de mirarla y del que no se acababa de fiar.

CINCO

LOS ÚLTIMOS ACORDES DE LA *HEROICA* DE BEETHOVEN HACÍAN QUE sus fluidos vitales culebrearan sobre su cerebro con un rumor de riachuelo. La música, descuartizada en sus oídos en cientos de ecuaciones matemáticas, se había convertido en los últimos tiempos en una obsesión pareja a la pintura. Si no se había decidido todavía a componer la ópera para la que había estado tomando apuntes todo aquel tiempo era por cobardía, una cobardía inconcebible, inaudita en un individuo como él. Temía que su inhumanidad desencadenara el fracaso también en esa disciplina.

El hangar abandonado que habitaba desde su huida semejaba una macabra sala de exposiciones. Colgados de sus ajadas paredes, docenas, cientos de cuadros resumían sus años de torturador de la PAT. Cuerpos quemados, abiertos, quebrados, inflamados, componían aquella colección enciclopédica del sufrimiento humano. Pero lo más terrible no era lo que había pintado con delectación durante su forzado exilio del mundo, sino lo que había dejado de pintar. En todos esos años de artista convulso, no había podido librarse de aquella maldición que imprimía en las sufrientes figuras de sus cuadros una mirada de muñeca que las volvía inocuas, de juguete, libres de cualquier emoción. Derrotado por su incapacidad para retratar el alma humana, había optado por dejar en blanco las miradas de sus criaturas. Inánimes, como si aguardaran la llegada de un dios que les insuflara la vida, sus descarnados modelos parecían chupar la escasa luz que alcanzaba el fondo del hangar por las rajas de sus inconclusos rostros.

Después de limpiarse los restos de óleo de las manos, se sentó frente a la pantalla que había conseguido sintonizar con la central de la PAT y, como hacía todos los días desde su sangrienta dimisión, rastreó las novedades que pudieran incumbirle. La inclusión entre los prófugos de Hadam y Neus acabó de alegrarle el día: «¡Por fin! Buenos días, bellas durmientes». Hacía más de veinte años que su infalible instinto lo había conducido hasta el hijo de Rachel Ghan. La «basura onírica» drenada por el programa Morfeo resultó ser la clave para encontrar el escondrijo de la fórmula. La aparición de un recién nacido en el subconsciente de Abraham no dejaba lugar a dudas sobre la importancia que tenía para él. El resto fue fácil, en los partes de vigilancia figuraba una visita al hospital Nuestra Señora de la Esperanza que por lo fugaz y ordinaria —Abraham solía visitar el laboratorio del hospital para recoger muestras y cultivos— les había pasado casi desapercibida. Las grabaciones de seguridad contenían una gran sorpresa, Abraham no había ido al laboratorio sino a la planta de maternidad, a visitar a su antiguo amor, Rachel Ghan, la mujer que lo había repudiado por venderse al enemigo. Cuando Protos y sus hombres vieron cómo Abraham escribía unas líneas en un papel y se lo entregaba a Rachel, creyeron que el caso estaba resuelto. Después de ampliar mil veces la imagen comprobaron con desaliento que el papel solo contenía un poema, el mismo que Abraham solía escribir en la pizarra de su laboratorio, y al que los sesudos agentes de inteligencia ya habían destripado y entripado hasta que se convencieron de que la poesía era inmune a las torturas. Protos había contemplado la grabación en silencio, con una mueca dura en los labios que lo mismo podía ser una media sonrisa que una prenáusea. Abraham había tenido al niño en sus brazos apenas un par de minutos, durante los cuales le había acariciado el lóbulo de la oreja de una forma un tanto peculiar; minutos más tarde, tras despedirse de Rachel y entrar en la incubadora, volvió a repetir aquella caricia en otro recién nacido, esta vez una niña, con la que, aparentemente, no le unía ningún vínculo. Protos sintió una especie de convulsión eléctrica, y ya no tuvo duda alguna sobre quiénes eran los escogidos para custodiar la fórmula.

Contrariando a la lógica que los ingenieros neuronales le habían inculcado, antes de comunicar el descubrimiento a sus superiores, decidió hablar con Abraham, aquella fue su última conversación. Los subordinados de Protos no tardaron demasiado en llegar a la misma conclusión que él sobre dónde había ocultado Abraham la fórmula y, al ver que su inmediato superior no hacía nada, vieron la oportunidad de sacarse de en medio al déspota símil, saltándose la cadena de mando. Mientras la dirección de la PAT estudiaba las medidas a adoptar contra Protos, los científicos de la Corporación escanearon y analizaron cada centímetro cuadrado de los cuerpecitos de los dos niños sin encontrar nada anormal. Ante la falta de resultados, el director de la PAT propuso a la Corporación la extinción de los dos niños a fin de evitar males mayores. Al enterarse de la propuesta en su celda de reclusión, a Protos se le vino a la cabeza un cuadro de Simonet que representaba la masacre de los santos inocentes ordenada por Herodes. «Son tan estúpidos que repiten los mismos errores una y otra vez». Antes de que firmara la orden de ejecución, Protos se lo llevó por delante.

Por suerte para los durmientes el nuevo director de la PAT era partidario, más por pragmatismo que por compasión, de la vía de la tutela: la Corporación adoptaría discretamente a los niños y los tendría bajo su control hasta que la ciencia avanzara hasta el punto de hacerles vomitar el secreto que llevaban en las entrañas. En el caso de Hadam el ejercicio de esta tutela fue sencillo: tras la muerte de su madre había ingresado en un orfanato corporativo. En cuanto a Neus, se encargaron de que su madre pasara tanto tiempo en la sala de reactores de una central nuclear que acabó por desarrollar un cáncer que la quitó de en medio dejándoles vía libre para organizar su presente y su futuro.

Ahora, súbitamente, los durmientes habían despertado y huido de sus invisibles tutores. Protos se preguntaba qué había sucedido para que, tantos años después, sus niños huyeran, y lo hicieran juntos, cuando una de las prioridades de la Corporación era que sus vidas no se cruzaran jamás. «Es como si el viejo les hubiera instalado un imán biológico». Protos sonrió mientras se enfundaba su gastado uniforme, resuelto a cerrar de una vez por todas el caso que había acabado con su brillante carrera en la PAT y convertido en un artista frustrado.

SEIS

NEUS SE QUEDÓ DORMIDA CON UNA EXPRESIÓN DE PÁJARO enjaulado. No había conseguido acabar de leer los informes sobre los trabajos de Abraham para el laboratorio de la Corporación. Justo antes de que sus párpados se vencieran, se preguntó cómo podía sentir tanto sueño en aquel momento. La certeza de la existencia de un traidor en el Grupo, su increíble huida de entre las manos de la PAT, la frustrada tentativa de suicidio y ahora la fórmula de Abraham tenían la culpa de que su sistema nervioso estuviera extenuado. El hombre, Hadam, se había sentado junto a la ventana y fingía vigilar la calle, aunque en realidad Neus sabía que la observaba a ella. Desde el suelo donde estaba sentada podía ver su perfil recortado contra la parca claridad de los viejos neones. «Pese a ese corte de pelo, tiene un aire a Elvis Presley pero con la nariz de James Stewart».

Todos los informes, estudios y experimentos de Abraham orbitaban alrededor de lo mismo: la fotosíntesis. Neus recordaba vagamente que la mayoría de los organismos fotosintéticos utilizan agua en el proceso, excepto en el caso de unas raras y primitivas bacterias que en lugar de agua utilizan anhídrido sulfúrico. La biología de estas bacterias era la que parecía interesar obsesivamente a Abraham. Además de con ellas, también había experimentado con pigmentos, principalmente clorofila, carotenoides y ficobilinas, con longitudes de onda de la luz, luminiscencias... El vertiginoso anticipo de lo que el biólogo podía haber descubierto hizo que Neus apartara la vista de la pantalla y mirara a Hadam, sorprendiéndolo a su vez en su furtiva observación. Neus sonrió algo halagada y volvió inútilmente la mirada a la pantalla. Se sentía desbordada por el cansancio, aquel había sido el día más extraño de su vida y era previsible que los sucesivos no fueran a la zaga. Poco a poco sus párpados se fueron entornando, arropados por la luz caliente que irradiaba la pantalla de Hadam, las fórmulas de las primeras teorías de Abraham iniciaron una danza pluvial, y Rick, acodado en la barra de su café, exhalaba humo por la nariz al tiempo que la miraba con un odio triste. Volvía a sonar *As time goes by* y ella bailaba pegada a Hadam sobre una alfombra de hierba virgen. A lo lejos se escuchaba el fragor de una cascada y un tumulto de pájaros multicolores que pugnaban por llevarse al vuelo el piano rodante del bueno de Sam. La piel de Hadam olía a tierra mojada y ella sentía que su pelo, sus manos y sus piernas se volvían raíces que se bifurcaban y crecían rodeándolo y hundiéndose en su pecho. Hadam se dejaba enredar con un leve temblor de sus carnosos labios, un temblor que articulaba su nombre, Neus, Neus, ¡Neus!

—Neus, Neus. —Hadam apretó su hombro con dulzura.

—Rick, yo... —Neus abrió los ojos sobresaltada.

—Tenemos que irnos. No debemos estar demasiado tiempo en el mismo sitio.

Neus tomó la mano que Hadam le tendía para levantarse. Amanecía, los primeros rayos de luz se ensuciaban sobre las calles malolientes.

—¿Cuánto he dormido? —preguntó Neus azorada.

—Bastante. ¿Has sacado algo en limpio de eso? —dijo Hadam con cierto tono de reproche.

—No lo he leído todo, pero creo que Abraham buscaba reproducir un tipo de fotosíntesis para la que no se necesita agua.

—Y... —Hadam no acababa de verle la utilidad.

—¿Y...? Imagínate un frutal que produzca energía química, ¡alimento!, a partir de la luz, sin necesidad de agua, y que al mismo tiempo libere oxígeno que purifique la atmósfera.

Hadam se quedó mirando a Neus tratando de imaginarse la importancia de aquello. Era evidente que el agua era un bien prácticamente agotado, si se conseguían crear vegetales que no necesitaran agua para vivir sería un descubrimiento enorme, lo suficiente —pensaba Hadam— para asegurarse una lujosa jubilación.

—¿Eso que dices se puede resumir en una fórmula?

—No lo sé, supongo que sí, ya te he dicho que no lo he acabado de leer. —Neus acomodó su traje arrugado.

—Ya. Preferiste echarte un sueñecito. ¿Sabes lo que nos estamos jugando? —El tono de reproche era ahora evidente.

—Estaba muy cansada, ni te imaginas el día que tuve ayer.

—Oh, disculpa, yo ayer disfruté de un día magnífico: me entero de que un científico chalado que le escribía poemas a mi madre me usó de caja fuerte, tres tipos mueren por mi culpa y yo me libro por los pelos, eso sí, después de matar a un PAT amigo de los cuchillos.

—Escucha, yo no te pedí que vinieras a salvarme de nada. De hecho estaba muy tranquila hasta que tú llegaste. —Neus recordó las pastillas edulcoradas, la pistola de fogueo, la ventana abierta, y los ojos se le anegaron.

Hadam creyó que su rudeza la había hecho llorar y se sintió estúpido por sentirse culpable. La necesitaba, así que lo mejor que podía hacer era intentar ganarse su confianza.

—No discutamos, para bien o para mal debemos estar juntos en esto. —Hadam dulcificó el tono todo lo que pudo.

—¿En esto? Me gustaría que me explicaras qué es para ti «esto».

—«Esto» es salvar el pellejo. La Corporación quiere extinguirnos y si no tenemos algo que ofrecerle a cambio de nuestra vida, tarde o temprano lo conseguirá. Juntos tendremos más posibilidades de sobrevivir hasta que descubramos cómo hacer que recuerdes tu parte de la fórmula.

—Vámonos. —Neus dio un resoplido de resignación, devolvió a Hadam su pantalla y se encaminó hacia la puerta.

—Por cierto, ¿quién es Rick? —preguntó Hadam con una sonrisa de guasa.

SIETE

CUANDO VOLVIÓ EN SÍ, HADAM ESTABA MANIATADO, ENCAPUCHADO Y, por el carraspeo de los propulsores, tirado en el compartimento de carga de un vehículo en peor estado que su despeñado furgón. «¡Dos noches en el mismo sitio, qué estúpido!», se lamentó calculando las escasas posibilidades de salir vivo de aquello. Lo último que recordaba, nada más traspasar el umbral de la puerta, era un fulgor de cohetes multicolores estallándole dentro de la cabeza y el grito de Neus acompañándolo en la caída.

—Neus, ¿estás bien? —Hadam giró hasta que encontró el cuerpo de Neus.

—Tú qué crees. —La voz de Neus parecía recién recuperada del llanto—. ¿Qué nos va a pasar ahora?

—Supongo que nos interrogarán.

—¿Sobre esa fórmula?

—¡Silencio!, nosotros no sabemos nada de la fórmula, ni de la fotosíntesis, ni de nada. —Hadam se acercó hasta donde presentía que estaba la capucha de Neus para susurrarle sin que nadie pudiera oírlos—. Aún tengo la pantalla escondida en el forro de la bota.

—Aunque te suene raro, que me hayan detenido hace que crea tu historia. —Neus sentía el aliento de Hadam empujando la tela de su capucha.

—Explícate.

—Era miembro de un grupo anticorporación. Hace un par de días, durante una misión, los detuvieron a todos, pero a mí, incompresiblemente, me dejaron escapar. Sin embargo, ahora que conozco la existencia de esa fórmula se han apresurado a detenerme, con lo que tu teoría debe de ser cierta y siempre me tuvieron vigilada.

—¿Quieres decir que hasta ahora no has creído nada de lo que te he dicho? —El vaivén del vehículo los fue aproximando hasta que sus cuerpos quedaron pegados.

—Oye, señor fotosíntesis, tienes que reconocer que todo esto suena un poco raro. Tú mismo eres un tipo algo... increíble. Estoy convencida de que te guardas alguna carta en la manga.

—Lo quieras o no nuestras vidas están ligadas por esa maldita fórmula. No te queda otro camino que confiar en mí.

—Confiar en ti... —Neus trató de despegarse de Hadam sin mucha convicción—. Si no te conozco, bien podrías ser uno de ellos.

—Sí, claro, por eso me han partido la cabeza. —Hadam podía sentir los pequeños pechos de Neus rozándole el esternón.

—¿Por qué no me has enseñado todavía tu parte de la fórmula?, ¿no será que eres tú el que no te fías de mí? —Neus dobló un poco las rodillas hasta que sus muslos quedaron fijados a los de Hadam.

—No ha habido demasiado tiempo, además, no pensarás que la llevo escrita en el bolsillo.

—¿Dónde entonces?

—La sé.

—¿¡La sabes!? ¡Qué estupidez! Imagínate que te matan, algo bastante probable, entonces la fórmula, el milagro de Abraham, se iría contigo al otro mundo.

—Gracias por preocuparte por mí, de todos modos la Corporación ya tiene mi parte, así que concéntrate en tu salud. —El pensamiento de la muerte hizo que a Hadam se le aflojara un poco la tensión a la que la proximidad del cuerpo de Neus lo estaba conduciendo.

—La Corporación..., hubiera sido preferible que te la llevaras a la tumba. —Neus pensó fugazmente lo terrible que habría sido tener éxito en su muerte: su parte de la fórmula se hubiera perdido irremediablemente.

—Nenita, me temo que eso ya importa poco, estamos jodidos —dijo Hadam al sentir que descendían.

El vehículo se detuvo y las puertas se abrieron con un silbido de guillotina. El aire de fuera removió el olor del furgón y Hadam ya no tuvo dudas. «Aquí huele a perro». Después de caminar durante un par de minutos sobre un terreno irregular, sintieron que el estómago se les subía a la boca: estaban en un ascensor que bajaba velozmente.

—Sacadles las capuchas. —Una voz firme sonó enfrente de ellos justo después de que la puerta del montacargas se cerrara a sus espaldas.

En ese momento, Hadam ya sabía que sus captores no eran de la Corporación, ni el vehículo, ni los métodos, ni el lugar encajaban. «Cazarrecompensas —pensó—, a estas alturas nuestro pellejo debe de valer una fortuna».

—Deben disculpar las formas, pero desgraciadamente no nos podemos andar con demasiados miramientos. —El propietario de la voz era un tipo grande, de barbas coloradas y manos descomunales.

—Con una invitación nos hubiera bastado. —Hadam se palpó el bollo de la nuca.

—Iré al grano. Sabemos que están en posesión de un secreto biológico que puede cambiar el signo de estos puñeteros tiempos, y lo queremos. Si no nos lo facilitan por las buenas, trataremos de..., digamos, extirpárselo y si tampoco esto es posible los exterminaremos para que no caiga en manos del gobierno.

—¿Quiénes son ustedes? —preguntó Neus más confundida que asustada.

—Anacoretas, señorita, los últimos seres humanos auténticos que quedan en este jodido planeta.

—¡Mierda! —resopló Hadam.

OCHO

CUANDO LA CORPORACIÓN COMENZÓ CON SUS DESMANES, SE CREÓ un movimiento de resistencia que tenía sus lejanos orígenes en los últimos años del siglo XX. En aquellos tiempos, una serie de individuos, asqueados por el rumbo al que —con el beneplácito de los gobiernos y la Junta de Naciones— el capitalismo exacerbado estaba conduciendo al planeta, decidió aislarse de la sociedad y vivir en un sistema de casi total autosuficiencia. Construyeron sus casas en mitad de inhóspitos desiertos —cada vez más abundantes por el cambio climático— y se las ingeniaron para obtener energía de su alrededor sin contaminar ni aniquilar su entorno. Su ideal era vivir en armonía con la madre naturaleza. Poco a poco el movimiento fue cobrando adeptos, se fundaron los primeros pueblos cien por cien ecológicos, y con ellos las primeras escuelas donde se enseñaba a los niños los fundamentos del nuevo ecologismo. Esos niños crecieron y tuvieron más niños y pronto aquella pandilla de «anacoretas», llamados despectivamente así por los políticos, supuso un gran incomodo para la estabilidad de las grandes corporaciones, las cuales empezaron a sufrir boicots a sus productos y a tener que responder a preguntas cada vez más embarazosas sobre cómo y con qué fabricaban sus galletas, sus refrescos, o sus deportivas y sobre cuánto contaminaban sus empresas. El culto al dios beneficio, sin importar los medios para obtenerlo —explotación de niños, bosques arrasados, vertidos radiactivos, emisiones envenenadas—, era la antítesis perfecta del culto a la naturaleza de los anacoretas. Algunos de estos radicalizaron sus fundamentos y pasaron a la acción retomándola donde la habían dejado las primeras organizaciones ecologistas a las que las corporaciones habían silenciado ahogándolas en dinero. Asaltos más o menos pacíficos a centrales nucleares, acciones contra las plataformas petrolíferas y los transportes de residuos, irrupciones espectaculares en grandes acontecimientos... Los grandes grupos empresariales presionaron a los gobiernos para que erradicaran el movimiento, amenazándolos con llevarse la mano de obra y los impuestos a algún país del tercer mundo, y los miedosos parlamentos comenzaron a recortar derechos, se prohibieron las concentraciones libres —nadie podía vivir fuera de los núcleos urbanos sin un permiso especial—, las escuelas no reguladas, la posesión de animales, los cultivos no controlados, las manifestaciones o actos de protesta no autorizados, la publicación de ideas o teorías que pudieran atentar contra el buen funcionamiento de las instituciones, los documentales, películas, o spots que hicieran apología de sistemas de vida o comportamientos subversivos. En definitiva, se prohibieron todas las actividades que suponían la razón de ser de los anacoretas. La inicial desobediencia civil derivó en pequeñas revueltas, reprimidas con extrema dureza por los primeros gobiernos cien por cien corporativos, y finalmente se les declaró «ingratos» y se les dio un plazo para integrarse en la «sociedad» o atenerse a las consecuencias. La mayoría se rindió e intentó luchar desde dentro del sistema formando el partido verde, pero otros muchos se ocultaron en viejas líneas de metro abandonadas, en búnkers olvidados o en profundas cuevas. Organizados como una guerrilla, daban pequeños golpes, sobre todo robos de alimentos, medicinas y materiales de construcción, y forjaban una sociedad paralela que aspiraba a fortalecerse, derrotar algún día a la Corporación y salvar lo poco que quedaba de la madre tierra.

El actual líder de los anacoretas, Konrad, era hijo de un matrimonio escocés muerto a balazos en la plaza de la Cofraternidad junto con otros ochenta y cinco antisistema más que, como ellos, hacían una sentada armados con botellas de vino y guitarras.

Konrad, después de efectuar aquella amenaza que difícilmente sería capaz de llevar a la práctica, aguardaba expectante la respuesta de sus prisioneros. Neus miró a Hadam y este hizo un leve gesto de negación con la mirada.

—Pueden contar con mi total colaboración, les diré lo poco que sé de este asunto. —Neus tomó la iniciativa haciendo caso omiso del gesto de su compañero.

—¿¡Neus!? —suplicó Hadam, viendo cómo su tesoro volaba hacia las barbas de Konrad.

—Ellos utilizarán la fórmula de Abraham para pelear contra la Corporación, no se me ocurre un destino mejor. Esto es lo que él hubiera querido. —Neus hablaba de espaldas a Hadam, buscando el asentimiento de su captor.

—Esta gente no tiene los conocimientos ni los medios para sacarle partido. La fórmula se perderá para siempre.

—Hadam barajaba desesperadamente argumentos que pudieran convencer a Neus.

—Contamos con un equipo de biólogos y científicos de primer nivel, hombres y mujeres que dejaron sus cómodos puestos en los laboratorios y universidades corporativas para unirse a nosotros y poner su inteligencia al servicio de la resistencia. —Konrad se apresuró a disolver las dudas de Neus.

—Por favor, Hadam, colabora con ellos. —Ahora sí, Neus miró a Hadam a los ojos.

Hadam levantó la vista buscando una ventana o un punto de claridad, pero estaban en una cueva o en una mina y lo único que encontró fue un reflector que le hizo bajar la cabeza, contrariado por el rumbo que había tomado aquello. Él sentía la fórmula como propia, era algo con lo que había cargado toda su vida y desprenderse de ella así, por las buenas, sin recibir nada en compensación le resultaba demasiado duro.

—Bien, creo que ha quedado claro. Llevaos al hombre para que reflexione junto a los perros. Si se vuelve razonable me lo traéis. —Konrad hizo un par de gestos con el índice y Hadam acabó saliendo de la cueva en volandas.

—Esperen —gritó Neus antes de que Hadam y sus escoltas se perdieran en la luz de la entrada.

Los hombres se detuvieron. Hadam, de espaldas a ella, sonrió victorioso.

—Buena chica —se dijo en voz alta.

Neus se acercó, casi tanto como lo habían estado hacía solo unos minutos, se puso de cuclillas, metió la mano en la bota derecha de Hadam y sacó su pantalla personal.

—Te agradecería que no me llamaras «pequeña», ni «nenita», ni «chica», me llamo Neus. Ya se lo pueden llevar —dijo entregándole la pantalla a Konrad.

—¡Zorra! —El grito de Hadam rebotó por las paredes hasta quedar empalado en una estalagmita.

NUEVE

NEUS PUSO A KONRAD AL TANTO DE TODO LO QUE SABÍA SOBRE la fórmula bicéfala de Abraham y sobre sus andanzas en el Grupo. El líder anacoreta la miraba desde el burladero rojo de sus barbas sin acabar de fiarse de sus ojos de niña buena. Neus se sentía cómoda, cuanto más tiempo pasaba en aquella lúgubre mina, más convencida estaba de que por fin había encontrado su sitio.

—No conozco a ninguno de tus amigos del Grupo y te puedo garantizar que tenemos contactos con todos los insurgentes. Así que o bien te lo has inventado todo, o eres una ingenua a la que tendieron una trampa.

—Yo también he llegado a esa última conclusión, pero ¿por qué? ¿Qué querían de mí?

—Quizás trataban de ganarse tu confianza para que les dieras la fórmula. —Konrad se mesaba la barba mientras pensaba.

—Pero yo no conozco la fórmula, hasta hace unas cuantas horas ni sabía que la tenía.

Konrad se levantó y dio un paseo rutinario por sus dominios con los brazos a la espalda.

—¿Le contaste a alguien tus inquietudes, tu idea de luchar de alguna manera contra el gobierno?

—A nadie, mi único confidente es mi... —Neus sintió un mezcla de vergüenza y náuseas—, mi diario. Ellos tenían acceso al diario —concluyó.

—Ahí lo tienes. Antes de que entraras en un Grupo real y correr el riesgo de perderte la pista crearon uno de ficción.

—Entonces todo era mentira, la misión, Klaus... —Neus enrojeció de ira y de pudor.

—¿Sabías que tu amigo Hadam es un policía de seres vivos? —Konrad, al ver la zozobra de Neus, desvió la conversación hacia Hadam.

—No, no hemos intimado demasiado.

—Entonces tampoco sabrás que es hijo de Rachel Ghan.

—¿Hadam, hijo de Rachel Ghan? —Neus abrió los ojos para dejar sitio a la sorpresa.

—Sí, ella y Abraham, el inventor de la fórmula, fueron pareja durante su juventud, luego él entró a trabajar para la Corporación y se separaron. Para el partido verde al que ella pertenecía, Abraham era un traidor que se había vendido por dinero. Por lo visto nunca perdieron el contacto del todo.

—No me puedo creer que Hadam sea el hijo de la mujer a la que más he admirado. —Neus trataba de encontrar en su memoria algún parecido entre madre e hijo.

—En cuanto a la fórmula, ¿tienes alguna idea de su utilidad final?

—Solo que tiene que ver con una bacteria fotosintética. Creí que vosotros sabríais...

—Tenemos simpatizantes dentro de la PAT que nos informaron sobre el interés de la Corporación en vosotros dos y en el secreto que portáis, pero nadie parece saber qué es en realidad. —Konrad escenificó su ignorancia virando las palmas de sus grandes manos hacia el techo de roca—. ¿Y dices que Hadam recuerda su parte sin dificultad?

—Se le aparece como una especie de ensoñación.

—Bien, eso es bueno. Quiere decir que la información de alguna forma ha pasado a la parte consciente del cerebro. Solo debemos averiguar cómo, y repetirlo contigo.

—Pero siempre faltará su mitad. —Neus tanteó la veracidad de la amenaza inicial de Konrad.

—Tal vez cambie de opinión. —Konrad trató de imprimir ambigüedad al tono de su voz.

—Todo esto me parece increíble. Llevar un secreto incrustado en el cerebro como si fuera una máquina.

—Me juego la barba a que Abraham utilizó un implante nanobiológico, un tipo de célula viva con un chip microscópico.

—Lo extraño es que ellos, con todos los medios imaginables, no hayan podido acceder a él.

—El cerebro humano es tan maravilloso como inmenso e ignoto, y Abraham sabía que sería más fácil encontrar una aguja en un pajar del tamaño de un continente a localizar su secreto sin saber dónde buscar o sin tener la llave que abra la puerta.

Neus se quedó pensativa, mirando a través de Konrad. Este la interrogó con la mirada.

—Disculpa, eso que has dicho sobre el cerebro me ha recordado una novela que leí hace poco.

—¿Una novela?

—Sí, trabajo en el Museo Metropolitano. Trataba de un neurólogo que buscaba el alma en el interior del cerebro y un forense con ínfulas de poeta... —el rostro de Neus se iba iluminando a medida que recordaba la trama de la novela—, y todo giraba alrededor de un poema... ¡El poema! —exclamó, rebuscando entre los efectos personales de Hadam que el líder anacoreta tenía sobre la mesa.

—¿Poema?, ¿qué poema? —Konrad se había perdido en el verdor de los ojos de Neus.

—Hadam visitó a uno de los antiguos colaboradores de Abraham buscando alguna pista sobre la fórmula. El tipo le recitó un poema que Abraham solía escribir en la pizarra del laboratorio. Así fue cómo Hadam descubrió que su madre y Abraham se conocían: el poema era el mismo que ella le recitaba de niño. Por eso Hadam puede ver la fórmula, este poema tiene que ser la llave —sentenció esgrimiendo el formulario del hospital en el que había nacido.

DIEZ

EL TIEMPO, LA SEMIOSCURIDAD DEL HANGAR Y LA LENTA contemplación del lienzo habían hecho mella en sus ojos. La luz natural lo hería como un antifaz de alfileres así que optó por ponerse unas anacrónicas gafas solares. Sus piernas conservaban la elasticidad y la potencia necesarias para correr los cien metros en ocho segundos pero sus sensores espaciales estaban adormecidos y se movía entre la gente como un ciego que acabara de enterrar a su perro lazarillo. No echaba de menos el bullicio de la calle, ni el retumbar de las naves de carga, ni las machaconas pantallas anuncio con sus enfermizos mensajes, se había acostumbrado sin dificultad a la soledad y al silencio, y si antes la compañía de los humanos se le hacía dura de soportar, ahora su sola visión correteando por las calles como pollos descabezados le producía una insufrible repulsión en su cultivado sentido de la estética. «Adónde vais tan deprisa, atajo de estúpidos». Protos contempló los cambios que había sufrido la ciudad desde lo alto del edificio de comunicaciones de la Liquion. Como un magma de asfalto y hormigón la urbe se retorcía bajo una canícula implacable. Afilados y verticales, los edificios parecían querer herir a un sol que hacía tiempo que había dejado de fingir redondez para estirarse por todo el cielo como un pólipo maligno. El sordo retumbar del incesante tráfico, las voces de castrado de las pantallas y el plañido desgarrado de las depuradoras de aire se entremezclaban en un único sonido atormentado. «Así debe de sonar el infierno del Bosco». Protos percibía su entorno de una forma distinta de cuando había huido de sus ex compañeros de la PAT. El proceso mediante el cual la información llegaba a su cerebro era el mismo, pero el sabor que le dejaba la realidad en nada se parecía al de antes. «Tal vez esté demasiado viejo para esto», pensó al ver su reflejo en el acero de la caja de conexiones que se disponía a violar. La falta de hidratación y de un mínimo mantenimiento habían terminado de ablandar y cubrir de pliegues su rostro. Para mellar todavía más su otrora terrorífica expresión se había dejado crecer un barbecho gris descuidado que le daba el grotesco aspecto que tendría un busto de Séneca coronando el torso de un Apolo.

Las novedades que obtuvo sobre sus niños no le sirvieron de mucho. Hadam había eliminado a un policía en casa de un pirata informático y había visitado a un antiguo colaborador de Abraham al que sus hombres habían achicharrado el cerebro años atrás. En cuanto a Neus, los últimos partes de vigilancia eran sorprendentes, sus escoltas casi habían tenido que intervenir para evitar su suicidio. Tras la chapucera disolución del falso Grupo se había deprimido e intentado matarse, primero ingiriendo unas supuestas píldoras venenosas y luego disparándose con la pistola trucada que le habían dado los impostores del Grupo, cuando los agentes que la vigilaban estaban a punto de entrar y evitar que saltara por la ventana, un mecánico de mantenimiento la interrumpió oportunamente. «¡Hadam!», se dijo Protos, estirando los labios para sonreír. Esa misma tarde los durmientes huyeron y la PAT les perdió la pista. Ahora estaban buscándolos, poniendo patas arriba toda la ciudad y alrededores. «Inútiles. Son incapaces de controlar a un simple detective de animales y a una ratita de museo». Desde las cristaleras del vehículo que había robado, Protos contempló la ponzoña fluorescente que el poniente vertía sobre los confines de la ciudad. «Después de todo, aún queda belleza», pensó al tiempo que archivaba en su memoria aquella imagen decadente. Algo parecido a la nostalgia lo hizo contemplar la posibilidad de regresar a su cueva y consumir la eternidad tratando de reproducir la belleza, pero algo parecido al sentido del deber lo empujaba a encontrar a sus durmientes. Con los dedos bruñidos de óleos multicolores tecleó en el navegador de la nave sanatorio Freeminds y se recostó paladeando las primeras notas de la *Sinfonía del Nuevo Mundo.*

ONCE

LA AGUJA PENETRÓ SIN DIFICULTAD EN SU MACILENTA PIEL, perforó la vena y disolvió en su corriente la droga que la haría regurgitar su mitad de la fórmula. Konrad aguardó unos minutos para que la droga hipnótica, un cóctel casero de pentotal sódico y anfetaminas, empapara bien los pliegues de su cerebro y como el que recita un encantamiento declamó con voz bien templada el poema que debía despertar su secreto.

Unos cuantos metros más abajo, encerrado en una jaula, sentado sobre una piedra, consolado por los lametones cariñosos de los perros a los que su cabeza rapada les debía semejar un goloso hueso prehistórico, Hadam trazaba un plan de rapto y fuga tan descabellado como desesperada era su situación. De nada le valía huir de los anacoretas sin Neus, y no parecía que ella tuviera intención de dejarlos por las buenas. «Estúpida mujer». Hadam no se había tomado nunca la molestia de ejercer la misoginia, las mujeres le eran tan indiferentes como los hombres o los símiles. Prefería infinitamente más el sexo virtual al real, de hecho, hacía años que no practicaba sexo con una mujer de carne y hueso. Lo consideraba un acto animal, falto de higiene, con notables riesgos infecciosos y que podría alterar su equilibrio anímico. Los programas de sexo virtual con los que la Corporación felicitaba a los empleados que cumplían los objetivos semestrales eran de una calidad excepcional y Hadam no añoraba en absoluto el contacto de su carne sobre otra carne. «La intimidad era cosa de uno». Ahora, aunque no le gustara, tenía que reconocer que por un instante, al notar los pequeños pechos de Neus percutiendo en su esternón y sus rodillas rozándole la entrepierna, había sentido un remoto deseo carnal que quiso atribuir a la ofuscación del miedo y sobre todo a que aquel cuerpo contra el que se rozaba contenía la mitad de su fortuna. En realidad, no deseaba poseerla carnalmente a ella sino al secreto que guardaba en su interior. Neus no tenía nada en común, salvo el sexo, con las mujeres que diseñaba para sus juegos virtuales de las noches de los viernes. Todo en ella, excepto sus ojos, era pequeño y huesudo: sus pechos, su trasero, sus piernas, sus orejas, «hasta su cerebro es pequeño y huesudo». Hadam se quedó más tranquilo tras llegar a la conclusión de que el motivo por el cual no podía dejar de pensar en Neus era que ella tenía la mitad de su dichoso futuro, y no porque lo soliviantara su olor impregnado en el abrigo, un aroma floral, de perfume antiguo, muy parecido al que usaba su madre, ni porque la expresión de pájaro enjaulado que tenía cuando dormía se le apareciera, superpuesta sobre la fórmula de Abraham, cada vez que cerraba los ojos.

—¿Ha funcionado? —Neus abrió sus grandes ojos verdes, algo aturdida aún por la droga.

—Tal y como dijiste. —Konrad le mostró victorioso un papel con la fórmula garabateada—. Lo que Abraham os insertó es una especie de nanochip celular que se activa por un comando de voz y que, una vez activado, descarga su información directamente sobre la memoria. ¡Fantástico!, ¿no te parece?

—Me parece terrible. —Neus quiso llevarse la mano a los ojos para protegerlos de la claridad pero una vía con suero se lo impidió—. No solo diseñamos máquinas que se parecen milimétricamente a los hombres, sino que estamos haciendo que los hombres se parezcan a las máquinas. —Neus se incorporó.

—Esta vez ha sido por una buena causa. —Konrad le sacó la vía del brazo y le alcanzó un algodón para que detuviera la pequeña hemorragia—. Ahora solo necesitamos que tu amigo Hadam colabore, la droga no funciona con voluntades hostiles.

—Hablaré con él, pero no te prometo nada. —Neus volvió a tumbarse mareada.

—Descansa un rato. —Konrad le acomodó la almohada—. ¿Sabes si tiene alguna debilidad, alguna fobia con la que se le pueda persuadir?

—Apenas lo conozco. Al principio creía que solo quería salvar el pellejo, pero ahora me parece que planeaba venderle la fórmula a la Seaway. —Neus hablaba con los ojos cerrados—. Supongo que no es más que un buscafortunas.

—Hasta cierto punto es comprensible. Si es lo que creemos, esa fórmula tiene un valor incalculable.

—¿Sabéis algo más?

—Nuestros científicos no se ponen de acuerdo, las notas de Abraham son muy dispersas y obtusas, sin duda temía que cayeran en manos equivocadas. Confío que tu parte de la fórmula les dé alguna pista más. En cuanto a

Hadam... —Konrad miró a Neus como si le estuviera advirtiendo de la suerte que le esperaba a su amigo si no colaboraba.

—La fórmula no es nuestra —Neus volvió a abrir los ojos con rabia—, Abraham la ocultó de la Corporación para que algún día la humanidad pudiera beneficiarse de ella. Ese día ha llegado, quiera o no quiera Hadam.

DOCE

HADAM APROVECHÓ LA EXPERIENCIA DE SUS AÑOS DE DETECTIVE de seres vivos para azuzar certeramente a los perros con los que compartía jaula contra el solitario guardia que lo vigilaba. Tras dejarlo inconsciente, lo acomodó sobre la estera en la que había dormido y lo cubrió con una manta. Luego, a tientas en la semipenumbra de las galerías, desanduvo el camino sin encontrar un solo guardia. «Aficionados, ¡y pretenden hacerle frente a la Corporación!». Los cubículos donde dormían los anacoretas eran pequeños huecos excavados en la pared viva de la mina y cerrados con una simple cortina. Al quinto intento Hadam encontró lo que buscaba. Antes de ponerle la mano en la boca y amenazarla con el arma que había robado a su vigilante, Hadam le apartó del rostro un mechón de cabello y se quedó un buen rato contemplando aquella expresión que tanto lo desconcertaba. Neus abrió los ojos y, justo antes de ingresar en la realidad, de reconocerlo y de que él la amordazara, le sonrió.

—Estás loco, jamás saldrás de esta montaña. —Hadam le sacó la mordaza después de media hora de trayecto entre escarpados caminos esculpidos sobre las rocas.

—De momento ya hemos salido de la mina, tú calla y camina. —Hadam dio un tirón a la cuerda con la que le había atado las manos.

—Además, cuanto más corras, más te alejarás de mi parte de la fórmula.

Hadam se detuvo en seco, se giró y miró a Neus con una mezcla de odio y fascinación.

—La habéis..., ¿cómo...?

—Debes negociar con Konrad, ahora la tiene él.

—Es un farol, si los científicos del gobierno no descubrieron la manera de sacarte la fórmula en veinticinco años, no lo van a lograr esos cavernícolas en un día. —Hadam sonrió, falsamente convencido, y siguió caminando.

—La Corporación no lee poesía —dijo Neus después de dejarlo madurar un par de minutos más.

Ahora caminaban por una especie de bosque de rocas calcáreas al que el viento arrancaba un aullido de animal triste. Hadam se detuvo fulminado y miró al suelo como si allí hubiera estado siempre la solución.

—El poema de Abraham... —se dijo sin girarse hacia ella.

—Abraham le regaló el poema a tu madre a sabiendas de que ella te lo transmitiría a ti. —La voz de Neus sonaba ahora más dulce.

Hadam soltó la cuerda, se sentó en el suelo y se frotó el cráneo desnudo como si quisiera enturbiar el nítido recuerdo de su madre recitándole al pie de su cama el maldito poema. Neus, algo desconcertada, optó por sentarse a su lado.

—Hadam, tu madre habría estado de parte de los anacoretas.

—¿Qué sabes tú de mi madre, qué sabe nadie de la gran Rachel Ghan?

—Sé que luchó toda su vida por salvar este planeta, para que en lugar de estos árboles de piedra hubiera árboles de verdad. Sé que jamás vendería la fórmula de Abraham a la Liquion o a la Seaway, porque es eso lo que pretendes, ¿verdad? Venderla al que te ofrezca más.

—¿Qué voy a vender? Te olvidas de que solo tengo una parte. —Hadam se sentía enfermo, inundado por dentro por una ola de asco, asco de sí mismo.

—Por eso viniste a por mí. Te importaba un comino que la Corporación acabara conmigo, yo solo era el baúl de tu tesoro. Dime, Hadam, ¿qué ibas a hacer conmigo cuando tuvieras mi parte de la fórmula?

—Habría de sobra para los dos. Éramos socios a partes iguales.

—¿Socios?, ¿por eso me mostraste tu parte, socio?

—¿Quieres mi parte? No hay problema —Hadam se levantó con furia y, tras coger una piedra del suelo, escribió sobre el lomo de una roca—, ahí tienes la puta fórmula, ya puedes correr con tus amiguitos los anacoretas.

Neus miró a Hadam como si este acabara de revelarle, además de su mitad del secreto, las profundidades de su alma. Él se supo revelado y trató de esconder sus ojos del verde acoso de los de ella.

—Aunque no quieras, aunque no sé por qué motivo te duele, no eres tan distinto de tu madre.

Hadam caminó hacia ella sin levantar la vista y le desató las manos. Neus tenía razón, tantos años huyendo de su recuerdo, cultivando su olvido, cuando en realidad lo que deseaba era rendirle tributo, imitarla, homenajear su memoria en cada mínimo acto cotidiano. El dolor por su temprana muerte había sido tan grande que se había tenido que refugiar en el resentimiento para poder soportarlo y seguir con su vida, con su falsa vida. Vender la fórmula de Abraham era la forma definitiva de romper con ella, de conseguir que su fantasma lo odiara tanto como para desaparecer para siempre de su vista. Vender el secreto a la Seaway era una forma de borrar a su madre de su memoria, de «desnacer», de negar su nacimiento comiéndose su propio cordón umbilical.

—¿Por qué te resistes, por qué finges ser quien no eres? —Neus lo retuvo frente a ella cogiéndole el brazo—. ¿Acaso no estás cansado de que dirija tu vida? Tú mismo me lo dijiste: es hora de despertar.

Hadam sintió que alguien lo empujaba, un vértigo frío le subió veloz desde la boca del estómago hasta el final de sus labios que ya se fundían con los de ella. Neus se dejó besar con los ojos abiertos, extrañada de desearlo también, y rodeándolo con los brazos lo atrajo hacía sí y le devolvió el beso. Hadam comenzó a desnudarla, atropellándose por la urgencia de no querer pensar en lo que estaba haciendo y antes de hundirse en ella la miró muy adentro.

—No pares. —Bronca, casi despiadada, la voz de Neus sonó desde algún remoto lugar de sus entrañas.

TRECE

AL VER EL ROSTRO DESCOMPUESTO POR LOS AÑOS DE SU torturador, Pandiani se orinó encima. Protos le ordenó con la mirada que se sentara y se sacó los guantes con parsimonia.

—Cuando decidí que te encerraran aquí, no pensé ni por un instante que estuvieras loco.

Pandiani buscó con la espalda el pobre cobijo de una esquina del cuarto.

—Se suponía que los durmientes, en el improbable caso de que despertaran por su cuenta, buscarían información sobre Abraham y qué mejor fuente de información que su mano derecha. Eras un cebo, cuando trataran de contactar contigo caeríamos sobre ellos. —Protos simuló atrapar una mosca entre las cuencas de sus manos—. Desgraciadamente, tras mi dimisión, la PAT ha perdido gran parte de su eficiencia y se han ido olvidando de ti.

Pandiani gateó hasta donde estaba Protos y besó sus botas.

—¿Te gusta la música, Pandiani?

Pandiani afirmó agitando la barbilla.

—No hay nada peor que obligarte a dejar un concierto a medias. Yo he matado por cosas más livianas. Esta historia de tu ex jefe es un concierto inconcluso, cada vez que lo repaso en mi cerebro se interrumpe en pleno *allegro* y eso me irrita terriblemente. —Mientras hablaba, Protos comprobaba la solidez de los botones de su guerrera—. Yo llegué a admirarlo, sabes, a Abraham, de hecho creo que es el único humano por el que he sentido algo parecido al respeto. Era un ejemplo de lo que los de tu especie han desperdiciado. Ahora parece que alguien ha pulsado un botón y la música ha continuado donde lo habíamos dejado hace veinticinco años, y yo no voy a permitir que nada ni nadie me impida escuchar el concierto hasta el final.

Pandiani, que difícilmente entendía el lenguaje llano, ahogó un sollozo al no comprender la metáfora musical de Protos.

—Ahora concéntrate y dime qué le dijiste exactamente al hombre que te vino a visitar.

Pandiani se levantó, e igual que había hecho con Hadam, susurró al oído de Protos el poema que su ex jefe escribía todas las mañanas en la pizarra del laboratorio.

El rostro del símil se tensó con los primeros versos. Conocía bien aquel poema, era el que Abraham le había escrito a Rachel en la maternidad donde había escogido a sus durmientes. Eran los versos que los expertos en códigos y encriptaciones de la Corporación habían analizado del derecho y del revés sin encontrar nada más que poesía.

—«La poesía es un arma cargada de futuro», bravo, maestro. —Protos se levantó y se palpó con lentitud la papada descolgada—. Los durmientes son el futuro, seguro que ellos sabrán descifrarlo —se dijo complacido.

Protos miró a Pandiani como si acabara de descubrir que no estaba solo y con una mueca en los labios que igual podría ser una despedida que una expresión de asco se puso los guantes.

—Buen chico, después de todo hice bien dejándote con vida —dijo al tiempo que metía la mano enguantada en el bolsillo.

Pandiani emitió un chillido agudo, casi inaudible, y se protegió del disparo bajo sus manos de ratón.

—Toma, me han dicho que esta basura te gusta —dijo alcanzándole una tableta de sucedáneo de chocolate.

CATORCE

—La niña no tendría más de cinco o seis años, estaba sentada en la tierra pelada, con la cabeza colgando sobre el pecho, sosteniéndose a duras penas, agotada por la fiebre y el hambre. A su espalda, un par de metros más atrás, el buitre caminaba hacia ella, demasiado ansioso para esperar a que la muerte concluyera su trabajo. No había nada ni nadie más, solo un inmenso desierto hasta el horizonte donde declinaba un sol anaranjado.

—Estaba el fotógrafo. —Hadam acababa de salvar a Neus de una pesadilla estática, en la que lo único que se le aparecía, inmóvil, era aquella fotografía que había rescatado de una de las purgas que la Corporación solía hacer en el museo con el material «delicado». La inmovilidad de la niña que no tiene fuerzas para ponerse a salvo, la del buitre que nunca llega a su presa y la de Neus contemplándolo todo sin poder hacer nada volvían aquella pesadilla insoportable.

—Ese es el único consuelo que encuentro: que el fotógrafo, inmediatamente después de disparar su cámara, corriera a espantar al buitre y a ayudar a la niña. —Neus se arropó con los brazos de Hadam—. Pero es un consuelo insoportablemente corto, porque luego pienso en cuántos niños morirían sin testigos, solos, junto a los pechos vacíos de sus madres muertas, encogiéndose en el suelo al notar los primeros picotazos de los buitres, demasiado pequeños para comprender que iban a sufrir una muerte terrible. —El cuerpo de Neus comenzó a vibrar, agitado por la inminencia de un llanto inconsolable. Entonces, para completar su desconsuelo, otras imágenes se le vinieron a la cabeza, las fotografías patéticas donde se veía a sí misma ingiriendo las píldoras supuestamente envenenadas, sosteniendo el arma inocua en su sien o plantada frente a la ventana antes de que Hadam entrara en su vida. Esas imágenes acabaron de romperla. La constatación de lo egoísta, débil y pusilánime que había sido, y del daño terrible que podría haber provocado si hubiera muerto sin sacar a la luz su parte de la fórmula fue una carga demasiada pesada y se rindió al llanto.

Hadam, pegado a su espalda, sintió cómo la garganta se le achicaba hasta convertirse en un delgado y frágil tubo de cristal. Trató de resistir, aguantándose las lágrimas en un rictus de esfuerzo que hizo brotar en su frente un sudor triste. Él conocía bien aquella fotografía, su madre la llevaba siempre entre sus papeles para no aflojar en la lucha.

—Júrame una cosa, Hadam, júrame que la fórmula de Abraham nunca caerá en manos de la Corporación —dijo con la voz ronca y atragantada.

Un puntapié en las costillas no era la forma con la que Hadam esperaba despertarse después de una larga noche de emociones e intimidad compartidas.

—¡Arriba! —La voz no procedía del anacoreta que lo encañonaba sino de Konrad, que se aplicaba en copiar la fórmula escrita en la roca.

—Lo siento, he intentado que te dejaran libre, pero temen que trafiques con tu parte de la fórmula. —Neus se abrazaba a sí misma como si aún estuviera desnuda y tuviera frío.

—Es lógico, hoy en día no te puedes fiar de nadie. —Hadam miró a Neus con los ojos cargados—. Eres una gran actriz, esas películas del museo te han servido para algo después de todo.

—No es lo que piensas. —Neus se defendía sin fe.

—Ya lo creo que lo es, apuesto a que tú misma lo planeaste todo. Me dejan escapar contigo, para ganarte mi confianza me explicas cómo hacer que recuerdes tu parte de la fórmula y luego me sacas la mía a polvos. Soy todavía más imbécil de lo que parezco.

—El plan era estar a tu lado hasta que la intentaras vender —Neus se acercó a Hadam buscando sus ojos—, lo que ha pasado esta noche no formaba parte de ningún plan —dijo bajando la voz—. Yo no esperaba que tú me dieras la fórmula por las buenas, ni esperaba... —Neus se mordió los labios.

—No hace falta que continúes con la farsa, no te preocupes por mí, estoy acostumbrado a vivir mentiras. Lo lastimoso es que yo no haya aprendido a sacarle partido a mi experiencia, como tú. —Hadam rehuyó la cercanía de Neus.

—Entiendo que me odies, pero no podía arriesgarme a que algo tan valioso pudiera caer en las manos equivocadas. Nosotros no importamos, somos dos seres insignificantes que el azar ha plantado en mitad de un milagro. —Neus trató de retenerlo a su lado.

—El único milagro es que haya alguien tan idiota como para tragarse tu anzuelo. —Hadam sonrió con ironía al tiempo que ofrecía sus manos para que las esposaran.

Neus bajó la cabeza abatida y subió en el vehículo de Konrad.

—Borrad esta roca, o mejor, voladla —dijo el barbudo tras cerciorarse por tercera vez de haber copiado correctamente la fórmula.

QUINCE

DURANTE EL CAMINO DE REGRESO AL CAMPAMENTO ANACORETA, Neus mantuvo a raya tanto la tristeza como el complejo de culpa pensando en lo cerca que estaban de rematar el trabajo de Abraham. Si realmente había logrado reproducir artificialmente el proceso de la fotosíntesis sin necesidad de agua habría una esperanza para aquella desolación que se repetía monótona en la ventanilla del vehículo de Konrad. Se podrían regenerar los viejos bosques, las selvas, los mares, la atmósfera y después, utilizando los bancos genéticos, los animales. Sería un nuevo génesis, una segunda oportunidad. El mundo volvería a ser aquel hermoso lugar que veía en los documentales del National Geographic que habían ocultado en los sótanos del museo para que nadie pudiera añorar los viejos tiempos y pedirle cuentas.

—¿Qué vais a hacer con él? —Neus temía que una vez comprobada la validez de la fórmula, los anacoretas se deshicieran de Hadam.

—No te preocupes, aquí no matamos a nadie. Pasará una temporadita con los perros y luego, cuando ya no pueda incordiarnos, lo soltaremos. A menos que tú quieras que se quede. —Konrad miró a Neus con el rabillo del ojo.

—No, es mejor que se vaya. —Neus apoyó la cabeza en la ventanilla.

—Sí, es lo mejor, ya conoces el dicho: uno solo retiene lo que no amarra. —Los dientes de Konrad surgieron bajo su barba.

Mientras Neus y el líder de los anacoretas caminaban con paso impaciente hacia el rudimentario laboratorio donde trabajaban los pocos científicos que la Corporación no había podido comprar, Hadam era recibido por sus compañeros de reclusión con un concierto de ladridos de bienvenida y cariñosos lametones. «Jodidos chuchos». Por una parte se sentía aliviado de un gran peso. Ya no era dueño de la mitad de nada, su imaginaria fortuna había volado sin haber llegado nunca a posarse en tierra firme y se había acabado de convencer de que las mujeres de carne y hueso eran un mal negocio. Sin embargo, cuando pensaba en la traición de Neus, no podía armar el músculo del odio. Cuando la ponía en el punto de mira y apretaba el gatillo lo que disparaba no era odio, sino, muy a su pesar, su innombrable contrario. «Maldita sea, me ha infectado».

Tras catorce horas de estudio y deliberaciones, los científicos anacoretas no se ponían de acuerdo sobre la utilidad final de la fórmula. Todos coincidían en que se trataba de una recreación del proceso fotosintético menos común —aquel que tiene lugar en algunas bacterias en las que el agua es sustituida por anhídrido sulfúrico—, pero las dudas surgían a la hora de trasladarla a una realidad de tallos, hojas y raíces. El descubrimiento de Abraham giraba en torno a una bacteria fotosintetizadora: la *Heliobacterium chlorum*, descubierta a finales del siglo XX, sobre la que la comunidad científica había depositado unas expectativas enormes. Aquella minúscula bacteria no solo respondía a la ancestral pregunta de dónde venimos sino que merced a Abraham parecía que también iba a responder esperanzadoramente a la otra cuestión que atormentaba a los existencialistas de todos los siglos: adónde vamos. Abraham había buscado la solución al futuro en el primer y más remoto de los pasados. La vida había nacido en el mar y él había recreado en su laboratorio un mar atávico del que extrajo la primera forma de vida, aquella que ya adoraban las tribus del Amazonas, aquella de la que hablaban los cánticos y rituales de todos los pueblos primitivos, aquella que había sido engendrada por el sol y parida por el mar. Abraham se había remontado hasta el primer gesto del Dios y lo había reproducido en una fórmula química de una belleza deslumbrante. Tan bella y tan deslumbrante que los ojos de los científicos eran incapaces de apreciar en su totalidad aquella «capilla Sixtina» de la biología, les fallaba la perspectiva, sus miradas parecían mutiladas y no estaban habituados a soñar en grande; sus expectativas eran de supervivencia, aplicaban su talento a preservar lo poco que quedaba; en sus mentes no cabían conceptos de aquella magnitud, estaban acostumbrados a ver fotomontajes y aquello era un Rembrandt; sus oídos estaban hechos a los jingles corporativos y aquello era una sinfonía de Mozart. Tenían la fórmula para crear artificialmente aquella «Eva» de las bacterias, pero no sabían qué hacer después con ella. Los científicos anacoretas discutían sin mucha convicción sobre nuevas especies vegetales alimentadas únicamente a base de luz que expulsaran a la atmósfera oxígeno, o árboles sin raíces que se inventaran la lluvia, o colonias de algas que purificaran los océanos hasta revivirlos.

Neus se paseaba entre sus alterados corrillos impaciente por la salvación del mundo, acuciada por el presentimiento de que la madre naturaleza se iba a negar a darnos una segunda oportunidad: la humanidad no merecía ser salvada.

DIECISÉIS

UNOS AULLIDOS HONDOS, DESCARNADOS Y UNÍSONOS LO despertaron de un sueño en el que su madre descendía por la escala evolutiva hasta convertirse en un alga que se alejaba en la resaca de un mar azul cobalto. Hadam trató de silenciar a los perros pero lo único que consiguió fue acrecentar su nerviosismo. Cuando sonó la primera explosión, los aullidos cesaron y los canes buscaron refugio en el fondo del cobertizo. A través de las rejas pudo ver cómo los anacoretas corrían, armados hasta los dientes, hacia la entrada de la mina: la PAT había descubierto su madriguera. Ayudándose de una de las chapas que techaban la perrera, Hadam acabó el agujero que sus amigos excavaban, sin ninguna vocación de fuga, todos los días al pie de la reja y salió dejándose medio pellejo en los alambres. Sin pensarlo dos veces se dirigió al lugar hacia el que veía encaminarse varias veces al día a Konrad y a Neus. Sin duda —pensaba Hadam— allí es donde trabajan con la fórmula. El laboratorio, con los bártulos analíticos todavía calientes, estaba desierto. Los científicos se habían puesto a salvo, llevándose la fórmula a otra madriguera anacoreta. Al ver una gran pantalla táctil presidiendo una de las paredes, recordó que Abraham también tenía en su laboratorio una pizarra. «Por probar...». Hadam cogió de una cubeta un puñado de polvo de magnesio y lo sopló sobre la pantalla. El polvo se fue adhiriendo a las zonas limpias, revelando lo último que alguien, con un índice nervioso, había escrito: la fórmula completa.

Después de copiarla apresuradamente, borrarla y comprobar que el cubículo de Neus estaba vacío, Hadam corrió en dirección opuesta a las explosiones y disparos hasta encontrar un pequeño respiradero por donde, tras dejarse el otro medio pellejo de espalda que le quedaba, consiguió salir al exterior. Abajo, en la falda de la montaña, la PAT se llevaba a Konrad y a Neus. «Estúpida mujer».

A salvo, con la fórmula en el bolsillo, alejándose de la mina en un viejo biplano anacoreta, Hadam se golpeó las sienes con las palmas de las manos reclamándose un poco del sentido común que poseía antes de que aquella locura comenzara. «Todo ha salido bien, tengo la fórmula completa. Esto es lo que quería desde el principio». Sin embargo, un ácido en el paladar le estragaba el dulce anticipo de la felicidad que la venta de la fórmula a la Seaway le iba a traer. Cuando Hadam pensaba en todos los lujos que se iba a poder permitir a partir de ahora, el rostro de Neus se le colaba como un virus pálido y melancólico, y, lo que resultaba infinitamente más insoportable, si no era ella la que distorsionaba sus fantasías, era la imagen de la niña agonizante con el siniestro buitre a su espalda. «Mierda, yo antes no tenía conciencia».

Al día siguiente, antes de que se decidiera a contactar con la Seaway, al doblar una esquina, un primer plano del rostro de Neus templado por un pánico mal disimulado le explicó con elocuencia a quién debía sus dudas y su mal cuerpo. Las pantallas murales de la Corporación habían conectado en directo con la sede de la PAT: «Hadam 7799, entrega la fórmula y os dejaremos libres a ti y a tu amiga». Neus estaba crucificada en una especie de camilla vertical, iluminada por una potente luz cenital que la palidecía todavía más. Sus ojos, más redondos y verdes que nunca, pugnaban por no mirar hacia abajo, hacia sus pies, donde la cabeza segada de Konrad dejaba bien claro lo que le sucedería si él no colaboraba.

Hadam detuvo el bilópedo que le había robado a un policía de tráfico a los pies de las escaleras de la sede de la PAT. No había creído ni por un instante que fueran a cumplir su promesa de dejarlos libres. Lo único que esperaba era que sus muertes fueran rápidas e indoloras. Él no era un valiente, ni un héroe; era débil y sabía que no podría cargar con la visión de Neus torturada y asesinada ante sus ojos. Por muy cara que vendiera la fórmula sería incapaz de disfrutar de su riqueza con el recuerdo del sufrimiento de aquel cuerpo que, por una noche, había amado de verdad. Entregarse era una cobardía, iba contra sus principios y vulneraba su más preciado instinto —el de supervivencia—, pero algo había cambiado. El peso de la sangre de su madre, su recuerdo e influencia habían acabado venciendo. «Estoy jodido», se dijo mientras levantaba los brazos y subía las escaleras encañonado por los guardias de la puerta.

DIECISIETE

LA PAT NO SE FIABA DE QUE HADAM LES HUBIERA DADO LA fórmula correcta, así que lo encerró junto a Neus con la intención de grabar hasta el último gesto que se hicieran y descubrir el posible engaño.

—¿Te has dejado atrapar otra vez? —Neus, sentada en el borde de un sobado catre de metacrilato, acogió la llegada de Hadam con una mueca de derrota final. La PAT le había cortado el pelo y vestido con un mono naranja que le acentuaba los moratones del cuello y las muñecas.

—Ya ves, le he cogido gusto a estar encerrado. Mira qué celda —Hadam dio una vuelta bufonesca—, comparada con la de tu amigo Konrad es un palacio.

El recuerdo de la cabeza de Konrad, inerte a sus pies, obligó a Neus a cerrar los ojos y tragarse una arcada.

—Creí que ya solo les interesabas muerto —dijo tras recuperarse.

—Gracias por alegrarte por mí. Si te interesa te diré que he negociado con ellos. —Hadam hablaba fingiendo estudiar la seguridad de la celda en la que estaban, pero en realidad no quería ver el rostro demacrado de Neus, sus ojos enrojecidos, los restos de sangre alrededor de sus labios.

—¿Con qué has negociado, si tu parte ya la tienen? —Neus tensó la espalda.

—Con la tuya. —Hadam continuaba sin mirarla.

—Pero... no es posible, ¿cómo la conseguiste? —Neus escenificó su incredulidad arqueando las cejas e, inmediatamente, su indignación apoyando las manos sobre el catre con intención de levantarse en cuanto le respondieran las fuerzas.

—No eres la única que ha visto viejas películas de espías. ¿Recuerdas ese truco en el que el protagonista emborrona la hoja de una libreta hasta que se revela lo que el malo ha escrito en la hoja anterior? Pues hice algo parecido en una pantalla táctil de tus amigos anacoretas. —Hadam fabricó una sonrisa cadavérica.

—Me juraste que la fórmula jamás caería en manos de la Corporación. —Neus, sin fuerzas para levantarse, abatió la cabeza y sus hombros semejaron las dos escuálidas alas de un ángel caído en desgracia.

—¿Me estás acusando de faltar a mi palabra? ¡Qué valor! Tú, que a los diez minutos de jurarme amor me estabas vendiendo. —Hadam, ahora sí, vertió su reproche directamente sobre ella.

—Ya te expliqué por qué lo hice. Si no eres capaz de entenderlo no vales la pena. Pero... qué digo, por supuesto que no has entendido nada, si no no les habrías dado la fórmula.

—Teniendo en cuenta que acabo de evitar que te corten en pedacitos, esperaba algo de agradecimiento, tal vez un poco de ese sexo que se te da tan bien.

Neus se levantó con intención de golpear a Hadam, pero le fallaron las piernas y cayó sobre él.

—¡Neus, pequeña! —Él la sostuvo y la tumbó con cuidado en el suelo.

—Hadam —le dijo con la voz quebrada, rendida ya al llanto—, tú sabes cómo funciona la Corporación, a saber qué terrible utilidad encuentran para el descubrimiento de Abraham.

—No está todo perdido, recuerda que los anacoretas también la tienen —mientras le hablaba, Hadam acariciaba los jirones de su cabello—, ellos le darán el fin que Abraham quería.

—Los únicos que estamos perdidos somos nosotros, ¿verdad? —Neus entornó los párpados asumiendo el final que les esperaba—. Siento haberte metido en todo esto.

—Creía que había sido yo el que te había metido a ti —dijo él con una sonrisa de compasión.

—Tú me salvaste la vida. Cuando llamaste a mi puerta estaba a punto de... —Neus abrió los ojos, convertidos en dos abismos que devoraban la gravedad y el tiempo—. Y ahora vas a morir por mi culpa.

Hadam sintió de nuevo aquel vértigo que lo engullía, que lo atraía como una ley matemática, que lo conducía veloz por un túnel de hierba y lluvia, que lo empapaba de savia y olorosa resina, que le volteaba la piel y lo volvía tierra mojada, fulgor irresistible de semilla caliente. Resignado, casi feliz, Hadam se dejó caer, convencido de que aquella era la última vez.

Cuando se abrió la puerta de la celda, Neus y Hadam habían alcanzado dos certezas difíciles de aceptar: que se amaban caprichosamente y que iban a morir. El guardia que los vino a buscar les hizo un gesto con la cabeza y ambos salieron a la oscuridad del pasillo. Nada más salir se tropezaron con el cuerpo de uno de sus carceleros. Hadam se volvió hacia el símil que los custodiaba. Había algo peculiar en su rostro que la visera calada y la penumbra le impidieron concretar.

—Caminad hacia el ascensor, en silencio.

—Pero... —Neus miró al policía y luego a Hadam, quien le hizo un gesto para que obedeciera.

—Te advierto que ya no tenemos la fórmula —dijo Hadam sin mirarlo.

—Pequeños míos, ¿todavía no lo habéis entendido? —La voz de Protos, en la oquedad del ascensor en el que ascendían velozmente, sonó con un timbre de Dios olímpico.

DIECIOCHO

—LA VIDA, QUERIDO TORTURADOR SIEMPRE SE ABRE PASO. LA vida es incontrolable, inextinguible, por mucho que tus superiores se empeñen, aunque me maten cien veces, aunque maten cien veces cien a todos los que la defendemos, siempre se impondrá. De mi cadáver putrefacto, del de tus jefes, incluso del tuyo, surgirán millones de formas de vida que se reproducirán, que colonizarán, que evolucionarán adaptándose al medio hasta dominarlo. Vida, Protos, la vida es la única verdad irrefutable. —A Protos le maravillaba la capacidad que tenía Abraham de convertir su silla de torturas en una cátedra desde la que impartía sus enseñanzas—. Tu trabajo es ingrato, es imposible extinguirla por completo. Puedes matar una parte de mí, pero siempre dejarás algo con vida a tu espalda, una vida que algún día te encontrará y acabará contigo en una cadena irrompible.

—Entonces, ¿por qué sufrir tanto, Abraham, viejo amigo? ¿Por qué ese empeño en esconder tu descubrimiento, si, finalmente, dices que la vida siempre triunfa? ¿Por qué buscas tu extinción con tanta cabezonería?

—Yo soy un minúsculo eslabón, una millonésima parte de un plan infinito, mi vida no vale nada, mi sufrimiento no vale nada. Solo soy una porción de abono sobre el que brotará una nueva simiente.

—«Serás vapor antes que lluvia» —Protos citó un viejo refrán que nunca había acabado de entender.

—Exacto, es necesario que algo muera para que algo nazca, yo debo cruzar ahora al lado de la muerte para mantener este equilibrio de paciencias que es la vida.

—La paciencia de los que esperan la muerte y la paciencia de los que esperan la vida.

Normalmente, Protos trataba de disimular la admiración que sentía por aquel hombre infligiéndole los peores tormentos posibles, pero cada día que pasaba junto a él su inteligencia lo doblegaba un poco más. La decisión de no revelar a sus superiores el descubrimiento de los guardianes de su secreto hasta no haberlo hablado con él no hacía sino evidenciar esta cómplice admiración.

—Exacto, por eso ahora que habéis descubierto a los durmientes ha llegado el momento. —Abraham miró a Protos con la ternura de un padre.

—Quieres que te... —Protos dio la espalda a la cámara y bajó la voz—, me estás pidiendo que te mate.

—Es preciso, sabes que son capaces de cualquier cosa con tal de hacerme hablar, por el amor de Dios, Protos, solo son dos niños inocentes —los ojos de Abraham se licuaron en una agüilla grisácea.

—Yo no tengo Dios, Abraham. Ese es mi trabajo, me han programado para eso. Yo soy un eslabón más de esa cadena infinita de la que hablas. ¿Por qué habría de incumplir mi función, por qué habría de traicionar a mi naturaleza con un acto tan irracional?

—Porque los actos irracionales brotan directamente de las almas y tú, Protos, aspiras a tener alma.

Protos buscó un punto sobre el que apoyar la vista, se sentía mareado, como si cientos de miles de órdenes contradictorias se amontonaran en su hemisferio izquierdo. Miró a Abraham con una expresión de buey asustado y dio dos lentos y pesados pasos en su dirección. Abraham asintió con dulzura y ofreció su cuello como un dócil cordero. Protos apretó con los ojos cerrados, contemplando con toda la tristeza que podía sentir un símil la fotografía de un pie varado en las sombras.

DIECINUEVE

—¿POR QUÉ NO LE PINTAS LOS OJOS? —NEUS CONTEMPLABA LAS pinturas que tapizaban las paredes del gran hangar adonde Protos los había conducido con una mezcla de pavor y admiración.

—Es una limitación que trato de vencer. —El símil hizo una pausa y miró el cuadro que estaba contemplando Neus como si se le hubiera olvidado la ceguera de sus criaturas—. ¿Estaréis hambrientos? Tengo algo de agua pura y cacao en polvo.

Hadam paseaba sus ojos por el inmenso hangar buscando una salida, al tiempo que calculaba la distancia a la que estaba la mesa sobre la que Protos había dejado su arma. No se sentía ni mucho menos a salvo con aquel extraño símil.

—Eres libre de irte cuando quieras —Protos adivinó sus pensamientos—, no sois mis prisioneros.

—Entonces, ¿qué es lo que quieres de nosotros? —Hadam creía saber quién era su salvador, había oído hablar de él a los símiles de la PSV como si fuera una especie de superhéroe temible.

—Solo conoceros. —El eco del hangar apesadumbraba todavía más la voz de Protos.

—¿Conocernos?, ¿tan interesantes te parecemos? —Hadam miró a Neus tratando de transmitirle su desconfianza.

—Más de lo que creéis. Digamos que sentía curiosidad por ver en lo que os habéis convertido.

—No sabía que los símiles pudierais sentir curiosidad, pero viendo la decoración de las paredes salta a la vista que eres un símil un tanto «especial». —Hadam tanteaba la paciencia del otro para conocer cuanto antes sus verdaderas intenciones.

—Yo conocí al hombre que os metió en todo esto. Me

atrevería a decir que éramos buenos amigos. —A Protos no le gustaba que le recordaran su naturaleza. Había fingido durante demasiados años ser un humano y ahora le escocía que nombraran su condición de ser artificial.

—¿Eras amigo de Abraham? —Neus apartó la vista de los cuadros para mirarlo.

—No seas estúpida. Es evidente que es o fue un PAT. —La hostilidad de Hadam iba en aumento.

—Es cierto —Protos se dirigió a Neus, que lo miraba esperando que negara la acusación de Hadam—, durante un tiempo serví a la Corporación, pero eso fue hace mucho.

—¿Qué has querido decir con eso de que todavía no lo habíamos entendido? —dijo Hadam como si pidiera explicaciones por un insulto.

—¿Recordáis el poema de Abraham? —Protos se paseó hasta el pie de uno de sus cuadros predilectos como si con cada paso estuviera midiendo la longitud precisa de las palabras que iba a decir—. Vosotros sois «los guardianes de la luz».

Hadam volvió a mirar a Neus; sentía que estaban llegando al final de un largo viaje.

—El implante biológico con la fórmula —continuó el símil— es solo una parte de lo que Abraham os inoculó.

Todos estos años habéis cultivado en vuestra sangre a su obra maestra, la bacteria fotosintetizadora, una mutación de la vieja *Heliobacterium chlorum*, un milagro bellísimo. —Protos no dejaba de mirar el cuadro como si buscara el asentimiento de su modelo o como si este le permitiera recordar con mayor nitidez. Un silencio espeso a su espalda evidenció el desconcierto de los durmientes.

—¿Todavía no lo entendéis? El descubrimiento de Abraham no estaba destinado a ninguna especie vegetal. Desde que os descubrió, la Corporación, sin sospecharlo, ha cuidado con mimo el último experimento de Abraham, su último sueño, el mismo sueño que probablemente acabe un día con su despótica hegemonía. El milagro de Abraham no era la fórmula que ocultó en vuestro cerebro, eso no era más que una especie de copia de seguridad. Vosotros sois el milagro. Vosotros sois los primeros...

El primer disparo le atravesó la espina dorsal y le reventó el pecho en una maraña de líquidos fluorescentes. El segundo le acertó en la nuca y al salir le levantó uno sus descolgados pómulos dejando a la vista su naturaleza mecánica. Sentado en el suelo, con las rodillas encogidas, sintiendo como su inmortalidad se esfumaba en una neblina luminosa que olía a salitre, Protos recorrió con la vista sus cuadros y algo parecido a la felicidad vino a tensar una sonrisa en sus labios.

—Tú eres la vida a mi espalda... —dijo a su verdugo entre los borbotones de la sangre artificial—, el viejo tenía razón..., solo los que mueren tienen alma..., gracias. —Protos se derrumbó extendiendo una mano clemente hacia su cuadro predilecto, el cuadro que representaba el martirio de Abraham.

—¿¡Por qué!? —Neus, desolada por la sorpresa de que Hadam, el hombre que amaba, pudiera matar a sangre fría, corrió hacia el símil y se arrodilló a su lado sin atreverse a tocarlo—. Él nos salvó y tú...

—Él mató a mi padre. —Hadam señaló el cuadro manchado con los flujos de Protos.

EPÍLOGO

FRENTE A LOS HOLOGRAMAS MORTUORIOS DE SUS PADRES, RACHEL se preguntó si la leyenda que contaba la gente sería cierta o tan solo una necesidad de crear santos sobre los que fundar la nueva era. No le gustaba formar parte de esa leyenda, ser la primera de la nueva raza, ni que algo suyo corriera por las venas de las nuevas generaciones. Ella hubiera preferido tener padres en lugar de héroes, que nadie le hubiera puesto precio a sus vidas o que la noche del atentado la hubieran llevado con ellos a la asamblea anacoreta.

Le costaba creer que su abuelo hubiera tramado su vida contaminando la sangre de sus padres recién nacidos, y que ellos, veinticinco años después, se buscaran en una ciudad de treinta millones de habitantes para inventar el amor, engendrarla a ella y cumplir su voluntad. La mayoría de sus días prefería pensar que todo era una invención, una especie de campaña de marketing al estilo de la Corporación para sumar voluntades a la causa anacoreta, y que la mutación que la había llevado a convertirse en el primer ser humano fotosintético, el primero de su especie que podía sobrevivir con el único alimento de la luz del sol, había sido fruto de un azar evolutivo o una extraordinaria enfermedad genética.

Cuando rodeada de guardaespaldas salía a pasear por el desierto, Rachel se preguntaba si las historias que le había contado su madre serían también leyendas, si Rick de *Casablanca* sería una invención suya, si habría existido alguna vez un lugar llamado Macondo, si era posible memorizar una novela para evitar su extinción, o si su abuela había salvado una ballena subiéndose a su lomo con una bandera pacifista.

Tal vez fuera debido al aislamiento de seguridad en el que vivía pero tenía la sensación de existir al margen de la realidad, desintegrada del mundo, atenazada por la angustia de no pertenecer a ningún sitio ni tener nada propio, ni siquiera los recuerdos. Los científicos anacoretas medían el tamaño de su aliento, la pigmentación de su piel, el grado de amarillo de su pelo, de sus ojos color clorofila, controlaban sus amistades, la curvatura de sus sonrisas, la graduación de sus deseos; la frecuencia de sus menstruaciones era debatida con fervor por comités de sabios, cualquier cosa que saliera de su cuerpo era cien, mil veces analizada. Temían perderla, dudaban que su esperanza de vida fuese muy larga y no querían que algo tan precioso se les fuera de las manos sin haberlo aprehendido. Ella lo sabía y no les guardaba rencor, la causa valía la pena. La Corporación empezaba a dar muestras de debilidad y ella tenía el veneno que podría terminar de matarla. Si la leyenda de sus antepasados era cierta, el sacrificio del escrutinio al que la sometían era insignificante.

Algunas noches, cuando quería sentirse dueña de algo, Rachel desconectaba los electrodos con los que la obligaban a dormir, buscaba por el suelo del cuarto un haz de luz de luna sobre el que acostarse y convocaba un sueño secreto, su preferido, aquel en el que bebía champán mientras sonaba una vieja canción que le cantaba su madre para dormirla: «You must remember this...».

ÍNDICE